EL LEGADO
DE LA SANGRE DEMONÍACA

ExLibric

ÀLEX PÉREZ PONS

EL LEGADO
DE LA SANGRE DEMONÍACA

EXLIBRIC
ANTEQUERA 2024

EL LEGADO DE LA SANGRE DEMONÍACA
© Àlex Pérez Pons
Diseño de portada: Dpto. de Diseño Gráfico Exlibric

Iª edición

© ExLibric, 2024.

Editado por: ExLibric
c/ Cueva de Viera, 2, Local 3
Centro Negocios CADI
29200 Antequera (Málaga)
Teléfono: 952 70 60 04
Fax: 952 84 55 03
Correo electrónico: exlibric@exlibric.com
Internet: www.exlibric.com

ISBN: 979-13-87528-16-4
Depósito Legal: MA 2729-2024

Impresión: PODiPrint
Impreso en Andalucía – España

Nota de la editorial: ExLibric pertenece a Innovación y Cualificación S. L.

ÀLEX PÉREZ PONS

EL LEGADO
DE LA SANGRE DEMONÍACA

*Dedicado a mi familia,
en especial a mi madre y a mi tío,
por haberme apoyado
desde el principio para lograr
que mi sueño se haga realidad.*

Introducción

Hace más de cien años, tuvo lugar una guerra trascendental entre humanos y demonios. Aquella contienda acabó con los humanos, guerreros y magos altamente preparados, emergiendo victoriosos y logrando erradicar a las malvadas criaturas que se deleitaban asesinando por diversión. Este triunfo permitió que la gente viviera en paz, segura y libre, ahora que los perversos y poderosos demonios ya no existían.

La historia de la guerra llegó a ser escuchada más allá de la Cordillera de Fuego, como llevada por el viento. Tan épica y milagrosa que los reinos más lejanos enviaron sus misivas para agasajar a los vencedores. Con el paso de las primaveras, aquellas tierras vieron crecer su población, lo que vino acompañado por riqueza y poder.

Sin embargo, lo que pocos conocen es que todo aquello se logró a costa de la muerte de cientos de inocentes, pero no hablamos de los humanos, sino de los propios demonios. Demonios que a simple vista parecen humanos, pero cuyos ojos rojos los delatan. Algunos nacen alados, otros con cornamenta, otros sin ninguno de estos atributos; lo que sí se sabe es que su maná corrupto solo les permite usar magia de oscuridad. El maná, conocido por ser la energía necesaria para usar magia, permanece en posesión de todas las criaturas vivas, pero tan solo algunas son capaces de darle forma y uso.

Pues bien, hace miles de años, estos seres abandonaron su antiguo estilo de vida como asesinos malévolos, por la gracia de un último rey demonio que construyó naciones donde podrían vivir en armonía. Estableció tierras fértiles para el cultivo y animales para la cría de ganado, algo inusual en las desoladas Tierras Olvidadas, pero su objetivo fue alcanzado por obra y arte de la magia. Gracias a esta transformación, los demonios dejaron atrás la vida de hurtos, pillaje y asesinatos.

Así pues, los verdaderos monstruos de esta historia fueron los humanos, quienes atacaron sin piedad a pesar de los esfuerzos de los demonios por negociar un tratado de paz. Estos, tras largos años lejos de la muerte, carecían del poder que en un pasado los convirtió en reyes del terror.

Aquella guerra se prolongó durante varios años hasta que los humanos decidieron aceptar el tratado de paz ofrecido por parte de los demonios. Sin embargo, aquella estratagema resultó ser una trampa, pues dieron uso a un báculo mágico sumamente poderoso para sellar a los demonios en un cristal mágico. Pero no todos fueron sellados, pues algunos lograron escapar de las garras de aquel rito mágico, mas fueron cazados y asesinados durante los años de paz, llevando a la raza demoníaca a la inminente extinción, o al menos eso creían todos, incluso el último demonio con vida, quien desconocía su verdadero origen.

1

El despertar de un linaje perdido

Lejos, muy lejos de la gran capital imperial, a cientos de millas al norte de la misma, se encuentra el poblado de Zion. Pueblo productor de trigo, pues es reconocido por sus extensos campos que alcanzan hasta dimensiones parecidas o incluso mayores que las del núcleo urbano al completo. Al norte de Zion se extiende un inmenso bosque nacido allí miles de años atrás, antes de que el hombre pisara aquellas tierras. En la linde de aquel bosque se halla otro de los lugares conocidos de Zion, el orfanato Cuna de Ángel.

En tiempos pasados el orfanato tenía una gran vida en su interior, pues las guerras y el hambre acusaban a las familias, causando un elevado número de huérfanos en el poblado. Pero a día de hoy, con la paz instalada desde hace años y la hambruna detenida en el tiempo, son más escasos los bebés, niños y jóvenes que llenan las camas de Cuna de Ángel.

Pues bien, allí en aquel orfanato, vive un joven de dieciséis años, el de mayor edad del lugar, de pelo corto, negro azabache y ojos verde esmeralda. A diferencia del resto de niños de su edad, a menudo es menospreciado y humillado por sus iguales debido a su nula habilidad para utilizar el maná, ni siquiera podía realizar el hechizo más sencillo. Además, su condición de huérfano lo convierte en blanco de burlas por parte de sus compañeros de la escuela, quienes se ríen de él por no tener padres. En medio de su soledad y sin amigos, más allá de los niños pequeños que lo acompañan en el orfanato, debe soportar el constante acoso. Los niños que cuida como a hermanos, los adultos y las señoras Victoria y Abigaíl, trabajadoras del orfanato, son los únicos que lo tratan con amabilidad. Alguna vez intentó contarles aquello que sufría fuera del orfanato a Victoria y Abigaíl, pero ellas siempre le dan poca o nula importancia. Por esta razón, siempre inventa alguna excusa para evitarlo y ocultar las faltas de respeto. Por cierto, el chico del que hablamos soy yo, Aiden.

—Vamos, perdedor, levántate. ¡Solo ha sido un golpecito, ja, ja, ja! —se burla un chico, riéndose con malicia.

—¿Qué esperabas? ¡El perdedor no aguanta nada! —añade otro entre risas.

—¿Podríais dejarme en paz? ¡No he hecho nada para que me molestéis! —intento defenderse mientras está tirado en el suelo.

—¡Solo con tu presencia ya nos molestas! Un inútil como tú, que apenas tiene maná, debería ser expulsado del orfanato. Al fin y al cabo, a nadie le interesa adoptar a alguien tan inútil como tú —dice el primer chico con crueldad.

—¡Seguro que tus padres te abandonaron porque no sirves para nada! ¡Ja, ja, ja! —agrega un tercer chico que aparece tras de mí riéndose a carcajadas.

—¡No digas eso! ¡Seguro que tenían sus razones para dejarme allí! —Trato de mantener la compostura, intentando evitar que los ojos se me llenen de lágrimas.

—¡Claro, por eso volvieron por ti! ¿Verdad? ¡O… tal vez tampoco tenían maná y murieron por inútiles! —dice el segundo chico en tono sarcástico, llenando el aire de veneno.

—¡No hables mal de ellos! —grito con rabia, sintiendo la ira y la impotencia hirviendo dentro de mí.

—¿Y qué harás? ¡Somos más que tú! ¡No nos puedes hacer nada! ¡Ni siquiera tienes amigos que te ayuden! —concluye el primer chico, con una sonrisa de satisfacción.

Bajo la cabeza, derrotado. Mis pensamientos son un torbellino de emociones. Bien, tienen razón. No tengo a nadie que me ayude. Aunque no siempre fue así. Cuando era más pequeño, tenía a mi amiga Zoe.

Zoe es una chica un año mayor que yo, huérfana como yo. Su pelo morado eléctrico era lo que más le hacía destacar, junto a sus ojos del mismo color. Una familia de una aldea lejana la adoptó y no he vuelto a saber nada de ella. De eso ya hará ocho años. Le prometí que me volvería fuerte, y eso sí que lo voy a cumplir.

Respiro hondo y me levanto lentamente. Mis ojos, aunque llenos de lágrimas, brillan con una determinación renovada. Recordar a Zoe me da fuerzas. Aunque ahora estuviera solo, me prometí a mí mismo que encontraría la manera de superar mis limitaciones. Algún día demostraría a todos que estaban equivocados.

—¡Eh, imbéciles! ¡Dejadlo en paz, si no os las veréis conmigo! —grita una voz tras ellos.

Los chicos se dan la vuelta y sus rostros se llenan de pánico.

—¡Oh, no! Son Alice y sus amigas. Yo me largo, no quiero problemas con ellas. He oído que ya pueden usar magia —dice uno de los chicos asustado mientras da un paso hacia atrás.

—Claro, ¿qué esperabas? Son de familias nobles. Vámonos —añade otro, con el mismo tono de miedo.

Los chicos salen corriendo hacia los campos de trigo, perdiéndose entre estos.

«¡Joder…, justamente ella no quiere ayudarme! Preferiría que no estuviera aquí, ahora sí que voy a pasar un mal rato», pienso, sintiendo el peso de la situación.

Alice es una chica de mi misma edad, un poco más baja que yo. Lleva un vestido rojo que parece caro. Llama la atención por su pelo largo y liso de un tono castaño brillante y unos ojos de un color indefinido que, según la intensidad de la luz que le rodea, se ven ardientes como el fuego. Es muy orgullosa y no tolera que le lleven la contraria. Su padre es un noble que vive en la aldea y, debido a su rango, todos le temen, a excepción de sus amigas, también descendientes de familias nobles.

Alice se acerca a mí mirándome fijamente. Sus ojos brillan con una mezcla de arrogancia y algo que no puedo identificar. Me quedo ahí, esperando lo peor, con el corazón latiendo con fuerza.

—Parece que se han ido. Bueno, ahora dame las gracias, inútil —dice Alice, con una sonrisa burlona.

—Gra… gracias —respondo, tratando de mantener la calma.

Alice se burla de mi reacción algo temerosa.

—No te oigo. Habla más fuerte. Ya sé, voy a ayudarte con eso.

En un instante, Alice pronuncia unas palabras y una llama aparece en su mano. Luego, acerca la llama a mi hombro, quemándome.

—¡Aaaah! —grito de dolor.

—¡Vaya, creo que te has pasado un poco, Alice! Yo te ayudo —dice una de sus amigas, burlándose.

La chica pronuncia unas palabras y crea una esfera de agua en su mano y la lanza contra mí.

—Ups, creo que he fallado, ¡ja, ja, ja! —se ríe mientras el agua me empapa.

«¡Maldita estúpida! ¡Me ha dejado empapado!», pienso, molesto.

—Bueno, al menos lo has intentado, ¿no? Tal vez deba ayudarte yo con mi magia de viento, ¡ja, ja, ja! —dice otra de las chicas, riéndose.

Mientras conversan, se escuchan algunos ruidos de hierba provenientes del frondoso bosque que hay detrás de nosotros, aunque no les damos importancia pensando que, probablemente, son conejos o niños jugando. Alice camina a mi alrededor para intimidarme y se burla nuevamente.

—Bueno, ¿no les vas a dar las gracias a mis amigas por ayudarte con la quemadura? Tal vez tenga que hacerte otra para que esta vez lo hagas.

Mientras Alice se acerca con la mano en llamas, cierro los ojos por miedo a sentir más dolor. Pero cuando pensaba que sería yo quien gritaría por la quemadura, escucho a Alice quejándose. Al abrir los ojos, veo una flecha clavada en su pierna.

Sus amigas salen corriendo y al darme la vuelta, veo a un grupo de seis goblins. Uno de ellos lleva un arco, que debe ser el que disparó a Alice. Sabiendo que me matarán si me quedo aquí, comienzo a correr.

Miro de reojo a los goblins, que a pesar de ser monstruos débiles, cuando van en grupo son un gran problema. Los goblins son de pequeña estatura, con orejas puntiagudas, de color verde apagado y sin un solo pelo en su cuerpo. Están armados con dagas, a excepción de uno de ellos, que empuña un arco. Por suerte, rara vez evolucionan en algo más fuerte, ya que no suelen vivir mucho tiempo, ya sea por su espíritu kamikaze o por los ataques de monstruos más fuertes. Un escalofrío recorre mi cuerpo al recordar que los goblins solo pueden nacer varones, por lo que buscan otras formas de reproducirse un tanto inmorales.

—¡Espera, por favor, no me dejes aquí! ¡Siento todo lo que te he hecho, pero ayúdame! No puedo moverme. ¡Sabes lo que me harán si me atrapan! ¿Verdad? —grita Alice, con miedo y casi llorando.

«Claro que lo sé, serás su reproductora. Pero ¿qué puedo hacer yo? ¡Mierda! ¡Mierda! ¿Qué hago?», pienso mientras me detengo momentáneamente.

Me doy la vuelta para seguir corriendo mientras escucho sus gritos de ayuda, hasta que una voz en mi cabeza me detiene. «Nuestra raza nunca abandona a nadie, da igual quién sea o lo que haya hecho. Nadie merece morir o sufrir. Gracias a nuestro rey, aprendimos a perdonar y ayudar al enemigo para convertirlo en nuestro amigo, como hicimos con los ogros, que son nuestros mayores aliados. Así que, hijo mío, si alguien está en peligro, ayúdalo, porque el enemigo de ayer será tu futuro aliado», resuena una nostálgica voz de mujer en mi cabeza.

«¿Esa voz es de mi madre?», pienso, sintiendo una mezcla de nostalgia y determinación. No puedo creerlo. Incluso me brotan algunas lágrimas y no sé por qué me duele uno de mis ojos, pero lo más importante es que me doy la vuelta. Puedo ver cómo uno de los goblins se abalanza sobre Alice, que está asustada y llorando. Levanto mi mano y, sin saber dónde las he aprendido, empiezo a decir unas inusuales palabras.

—En la noche abismal, tinieblas susurran, conjuro el poder oscuro. ¡Aguja de la noche!

Una aguja de oscuridad aparece en mi mano y sale disparada como una flecha hacia la cabeza del goblin, atravesándole las sienes. Dos de los goblins se acercan hacia mí veloces. Vuelvo a conjurar el hechizo, esta vez en ambas manos. Los dos caen muertos. Pero cuando me dispongo a repetir la acción para enfrentar a los dos restantes, una flecha impacta en mi hombro, evitando que complete el hechizo.

—¡Aaah, maldición! No me va a dar tiempo de conjurar el hechizo de nuevo —digo asustado, viendo como los goblins están a pocos pasos de mí.

Cuando pienso que es mi fin, una voz no muy lejana se hace presente.

—Helada esencia, gélidas garras, congelemos en el frío eterno. ¡Lluvia de carámbanos!

Múltiples carámbanos de hielo impactan en los tres goblins restantes, matándolos al instante.

—¿Os encontráis bien, chicos? —pregunta un majestuoso caballero mágico, alto cual torre, de pelo corto y blanco como la nieve y ojos azules. Lleva una larga capa blanca con un broche azul romboidal sujetándola, la cual cubre una ligera armadura plateada.

Suspiro al darme cuenta de que finalmente estamos a salvo. El mago se acerca a nosotros para comprobar nuestro estado, pero su expresión cambia fugazmente al posar sus ojos en mí.

—Con ese ojo y ese color de pelo, veo que aún queda uno vivo escondiéndose entre los humanos para evitar ser descubierto. Los monstruos como tú deberían morir, pero será mejor capturarte para obtener información por si hay más como tú —dice con rencor hacia mí.

«¿De qué está hablando? ¿Por qué me llama monstruo y por qué quiere capturarme?», pienso, confundido.

—Intentar escapar es inútil. Helada esencia, gélidas garras, congelemos en el frío eterno. ¡Aliento gélido!

Mi cuerpo comienza a congelarse rápidamente y en cuestión de segundos queda atrapado en un bloque de hielo. Solo mi cabeza queda fuera.

—Es imposible que rompas ese hielo —dice el caballero mágico, acercándose a Alice para curar sus heridas.

«¡Maldición! ¿Qué está sucediendo? ¿Por qué me ha capturado y me llama monstruo? Mencionó algo sobre mi ojo y mi pelo, pero… Tal vez el dolor que sentí antes…», pienso mientras bajo la cabeza todo lo que puedo para ver mi reflejo en el hielo. Me sorprendo al ver que parte de mi pelo ahora es de color rojo y mi ojo izquierdo también ha cambiado de verde a rojo.

«¿Qué demonios me ha sucedido? ¿Por qué mi ojo es rojo? No entiendo nada. Se supone que solo los demonios tienen ojos rojos, y mi pelo también ha cambiado. ¿Acaso me confunde con un demonio…? Espera, cuando recordé la voz de mi madre mencionó que nuestra raza era aliada de los ogros. ¿Eso significa que soy un demonio? ¡Entonces van a matarme!».

Miro en dirección al mago y me sorprendo al verlo adentrarse en el bosque. Alice viene corriendo hacia mí.

—Flamas salvajes, furia ardiente, consume todo en llamas despiadadas. ¡Palma ígnea! —Alice coloca sus palmas en el hielo para comenzar a derretirlo.

—¿Por qué me estás ayudando? Seguro que sabes lo que soy solo con verme —le pregunto, extrañado.

—Solo te estoy devolviendo el favor. Sé que eres un demonio por tu ojo. Todos conocemos la historia de la guerra, por lo que sabemos cómo sois. Pero… —veo un leve sonrojo en sus mejillas— me has salvado la vida. Mis amigas me han abandonado; sin embargo, tú, que tenías razones para hacerlo, me has salvado poniéndote en peligro y mostrando quién eres. —Puedo ver como desvía la mirada, noto arrepentimiento en ella—. Te has arriesgado por mí y ahora yo te devuelvo el favor. Le dije al mago que había más goblins hacia el norte, no sé cuánto tiempo tardará en darse cuenta de que es mentira, así que cuando el hielo se derrita, vete.

—Tienes razón. De hecho, iba a abandonarte, pero escuché, no sé cómo ni por qué, las palabras de mi madre: «Nunca abandones a nadie, da igual quién sea o lo que haya hecho. Nadie merece morir o sufrir». —Una mirada nostálgica aparece en mi cara al poder recordar a mi madre—. Ni siquiera sabía que yo era un demonio. Pero… ¿Puedo pedirte un favor? ¿Podrías cauterizar la herida que tengo de la flecha?

El hielo termina por derretirse, permitiéndome escapar. Busco algo para morder a mi alrededor, dando con un trozo de rama cerca de mí. La muerdo y tras eso, tiro fuerte de la flecha para extraerla de mi brazo apretando fuerte los dientes para no gritar. La rama se quiebra en mil pedazos.

—Está bien. Flamas salvajes, furia ardiente, consume todo en llamas despiadadas. ¡Flama! —dice Alice, con su dedo encendido al rojo vivo chisporroteando como hierro a punto de ser forjado. Lo clava en la herida, provocando un dolor tan intenso que me hace hincar la rodilla al suelo. La vista se me nubla y estoy a punto de caer desmayado. Cuando termina el proceso de cauterización, saca el dedo de mi herida.

—Así debería ser suficiente. ¿Te encuentras bien? —pregunta, preocupada.

—Sí, gracias, un poco mareado. Ahora será mejor que me vaya. Empiezo a correr hacia el este.

—¡Aiden, toma esto! —Me lanza un saquito, y al ver su contenido me doy cuenta de que es dinero—. No es mucho, pero si logras ocultar tu rostro, podrás comprar comida en otros pueblos.

Me sorprendo al escuchar lo que me dice. No puedo creer que ella sea la misma chica que solía molestarme y golpearme y que ahora me esté ayudando tanto. Mi madre tenía razón: «El enemigo de ayer será tu futuro aliado».

—Gracias, no desperdiciaré la oportunidad que me das —digo, sonriendo.

Salgo corriendo hacia el este dejando atrás el pueblo en el que me crie. Cuando me alejo lo suficiente, me adentro en el frondoso Bosque de la Luna para no ser visto, atravesando la maleza y algunas ramas de los árboles. El césped en el suelo húmedo amortigua mis pasos y, de vez en cuando, destellos de luz de pequeñas luciérnagas iluminan el camino. Los susurros del viento entre las hojas y los ocasionales crujidos de ramas secas bajo los pies de algún animal le dan un aire misterioso y un poco inquietante. Las leyendas dicen que en noches de luna llena, el bosque brilla con un resplandor plateado, de ahí su nombre.

«El mago se ha dirigido hacia el norte, así que a esta distancia no debería verme. Pero ¿qué voy a hacer si se difunde el hecho de que un demonio está vivo? Seguramente me buscarán para matarme. Pero tal vez los ogros puedan ayudarme. Eso implica que tendré que cruzar la frontera sin ser visto o acabaré muerto. El pueblo más cercano es Erast. Si consigo cubrir mi rostro, podré comprar provisiones», pienso serio mientras me dirijo hacia un futuro incierto.

2

Descubriendo el pasado

Tras un buen rato corriendo y dándolo todo para recorrer la mayor distancia posible por el frondoso Bosque de la Luna, con los escasos rayos de luz que atraviesan las hojas de los árboles, me cuesta distinguir lo que encuentro ante mí.

Me adentro esquivando rocas y troncos para evitar caer. Finalmente, llego a los límites de Erast, una gran aldea situada en medio de una verde pradera. A lo lejos, puedo ver, por un lado, animales pastando y, por el otro, a los niños que juegan alrededor de un pozo rodeado de inmensos árboles frutales. En el frente, la gran entrada por la cual atraviesan carruajes que van y vienen continuamente. La aldea, desde tiempo atrás, es concurrida por mercaderes venidos de otras ciudades para comercializar entre ellos y los viajeros.

«Por fin llego. Pero ahora, ¿cómo entro sin que me vean la cara?», pienso, exhausto. «Tal vez si doy una vuelta alrededor de la aldea, encuentre algo con lo que cubrir mi rostro. Es lo único que se me ocurre».

Comienzo a rodear la aldea y en una de las esquinas, detrás de una casa, veo a una mujer tendiendo la colada. Entre las prendas, hay un paño marrón que podría usar como capucha. El problema es tomarlo sin que se dé cuenta.

«Nunca pensé que tendría que robar, pero no tengo otra opción. Tal vez con la aguja de la noche pueda romper una ventana para distraerla», pienso, mientras comienzo a conjurar el hechizo.

—En la noche abismal, tinieblas susurran, conjuro el poder oscuro. ¡Aguja de la noche!

La aguja rompe la ventana y la mujer se acerca para ver qué ha ocurrido. Aprovecho ese momento para correr y tomar el paño que aún está húmedo. Me voy antes de que la mujer se dé cuenta y me lo pongo a modo de capucha, intentando tapar mi rostro lo máximo posible.

«Tenía que seguir húmedo, maldita sea mi suerte. Pero bueno, no puedo quejarme, es lo único que tengo. Espero que funcione, de lo contrario estaré en problemas», me digo, molesto.

Me dirijo a la entrada de la aldea, agachando la cabeza para que se vea lo menos posible mi rostro, y me adentro en ella. Veo múltiples puestos de diferentes comerciantes y artesanos cubiertos con lonas sujetas por cuerdas; parece un mercado. Me acerco a uno de los puestos repleto de cestos de frutas y verduras. En el fondo, colgada de una cuerda, hay carne curada y al otro lado, panes y bollos. El viejo mercader parece rondar los cincuenta años. Su barba pronunciada y sus ropajes desgastados le dan un aspecto poco agraciado, aunque, pese a la edad, parece tener grandes músculos.

—¿Qué quieres, chaval? —pregunta el mercader al verme llegar.

—Me gustaría comprar comida para un largo viaje —respondo intentando que no me vea la cara.

—Entonces, lo que necesitas es comida que tarde mucho en estropearse. Tengo pan y carne curada.

Reviso el saquito de dinero y veo que tengo tres monedas de plata y quince de bronce.

—¿Cuánto cuesta cada uno?

—El pan cuesta dos monedas de bronce, y la carne curada, cuatro.

—Ponme siete panes y cinco de carne seca, por favor —le digo, entregándole las tres monedas de plata y cuatro de bronce.

—Claro, aquí tienes. Que pases un buen día.

Cojo la comida que me entrega, pero me doy cuenta de que no tengo dónde guardarla.

—Gracias. Por cierto, ¿dónde puedo comprar un saco para llevar mis cosas? —le pregunto mientras intento que no se me caiga la comida de las manos.

—En la calle que tienes justo enfrente de ti encontrarás un puesto ambulante donde venden lo que buscas —me indica amablemente el mercader.

Me doy la vuelta y me acerco al puesto que me ha indicado. Está lleno de sacos, ropa y más cosas hechas de tela y cuero.

—Disculpe, me gustaría comprar un saco —le digo al mercader que está terminando de hacer un cinturón.

—¿Cuánto dinero tienes? —me pregunta, sin levantar la vista de su trabajo.

—Once monedas de bronce. Es todo lo que tengo.

—Tengo un saco que usa un sello mágico de almacenamiento para aumentar su capacidad. El precio es una moneda de plata.

Saca un saquito de cuero del tamaño de la palma de la mano y me demuestra que es cierto metiendo todo su brazo dentro de él.

—¡Vaya, impresionante! ¿Cuál es su capacidad? —digo, asombrado.

—Su capacidad es limitada, aun así te aseguro que es suficiente para llevar tus enseres en un largo viaje.

—¡Me lo llevo! —le digo con entusiasmo, entregándole diez monedas de bronce, que al cambio tienen el valor de una moneda de plata.

Guardo la comida en su interior y la ató a mi cintura. Nunca había visto algo así, parece imposible, pero es cierto. En ese momento me doy cuenta de que hay una biblioteca mágica ante mis ojos. «Sería interesante echar un vistazo por si hay información sobre la magia de oscuridad, ya que no sé mucho al respecto», pienso mientras me acerco.

Me dirijo a la biblioteca, entro y veo a una señora bastante mayor con la piel arrugada, pelo grisáceo y aspecto desaliñado. Parece bastante aburrida y no me presta demasiada atención, así que comienzo a buscar algún libro que pueda ayudarme. Después de un buen rato, solo encuentro un libro que habla sobre monstruos y sus magias. Entre las páginas llego a un capítulo que habla sobre la magia de los demonios. En él puedo leer:

Los demonios son los únicos seres que poseen la magia de oscuridad, una magia muy poderosa de la que se conoce muy poco. A diferencia del resto de razas, que desbloquean la capacidad de usar su magia a los dieciséis años, los demonios pueden usar la magia de oscuridad desde su nacimiento, lo cual los convierte en una amenaza considerable, incluso siendo niños. Los demonios también son conocidos por sus poderosas maldiciones, las cuales son difíciles de eliminar.

Esa es toda la información que contiene el libro respecto a los demonios.

«Espera, ¿cómo es posible que los demonios puedan usar la magia desde su nacimiento? Yo no he despertado la mía hasta los dieciséis años como el resto de las razas. Aunque también he notado que mis reservas de maná han aumentado», pienso cada vez más confundido por lo que me está pasando.

Termino de leer el libro y, cuando me acerco a la estantería para devolverlo, escucho una conversación desde fuera que me asusta.

—Señor, ¿ha visto a un chico de unos dieciséis años, de mediana estatura y con una apariencia extraña por aquí? —pregunta una voz firme, que reconozco como la del caballero mágico que me persigue.

—Sí, un chico un poco raro que llevaba un paño en la cabeza me compró un saquito mágico, no hace mucho tiempo —responde el mercader del puesto de sacos.

—¿Ha podido verle la cara al chico?

—No, la capucha le tapaba el rostro, pero lo he notado un tanto nervioso.

—Puede ser la persona que busco. ¿Dónde ha ido?

—Se dirigió a la biblioteca mágica que está justo aquí al lado.

«¡Maldita sea, me ha alcanzado! ¿Pero cómo me ha encontrado? Tal vez Alice me ha traicionado. Me gustaría creer que no, pero todo es posible», pienso mientras busco nervioso a mi alrededor una posible salida.

Ahora debo pensar cómo escapar de esto. La puerta no es una opción, así que solo me queda la ventana trasera.

Corro hacia la ventana para abrirla y saltar fuera. Empiezo a correr, pero me detengo cuando un lobo se interpone en mi camino.

—¿Qué hace un lobo aquí? —me pregunto, confuso por su repentina aparición.

El gran lobo de pelaje blanco como la nieve, ojos azules y una mandíbula enorme con colmillos afilados está frente a mí, mirándome con gesto amenazante.

—De hecho, es un lobo ártico y está aquí porque es mi invocación. ¿Creías que te escaparías, sucio demonio? —dice una voz detrás de mí.

Me giro y veo al caballero mágico que me estaba buscando.

—Así que por eso me has encontrado. El lobo ha seguido mi rastro —comento desconcertado.

—Así es, ahora con él no podrás escapar. Fue un gran error no invocarlo para vigilarte, pero nunca imaginé que habrías maldecido a esa chica para que te ayudase. ¡Por tus crímenes, caerás ante mí, Glacier, el mago de hielo!

«¿Maldecir? Yo no sé hacer eso. Puede ser que Alice haya usado eso como excusa para evitar problemas. Pero ahora soy yo quien los tiene. ¿Cómo voy a salir de esta? Es una batalla de dos contra uno».

—¡Luna, inmovilízalo! —ordena Glacier.

El lobo se abalanza sobre mí, intentando morderme, pero logro esquivarlo milagrosamente.

—En la noche abismal, tinieblas susurran, conjuro el poder oscuro. ¡Aguja de la noche! —grito, lanzando dos agujas desde mis manos hacia el lobo, pero este las esquiva con facilidad. Su velocidad es sorprendente.

—Buena suerte intentando alcanzar a Luna. Con su gran agilidad, tus ataques no servirán de nada —dice Glacier, sonriendo.

Luna vuelve a abalanzarse sobre mí. A esta distancia, no puedo esquivarlo.

«Hijo mío, lamento no poder estar contigo, pero espero que crezcas fuerte y sano. Y si alguna vez te encuentras en peligro, recuerda mis palabras y la tierra te protegerá…». Esa voz… ¡Padre! Sabía que debía haber una razón por la que me abandonaron, aunque aún no sé cuál es. Gracias a él podré vivir y descubrirlo.

—Tierra ancestral, fortaleza inquebrantable, responde a mi llamado y protégeme. ¡Armadura pétrea! —grito, mientras mi cuerpo comienza a cubrirse de rocas, formando una armadura que utilizo para protegerme de la mordedura del lobo.

—¿Cómo es posible que puedas usar dos magias diferentes? Eso no debería ser posible, y menos siendo un demonio que solo debería tener magia de oscuridad. ¿Qué eres? —pregunta Glacier, absorto por lo ocurrido.

—Si te soy sincero, ni yo lo sé. ¡Pero no pienso permitir que me captures!

Aprovecho la armadura de roca para darle un puñetazo al lobo en el hocico, hiriéndolo y haciéndolo caer al suelo.

«Con esta armadura soy mucho más lento, lo cual podría ser un problema si aprovecha para congelarme. Pero si me la quito, el lobo podría herirme. Lo único que se me ocurre es dirigirme hacia donde haya personas para evitar que me ataque con magia».

—No te permitiré escapar. Helada esencia, gélidas garras, congelemos en el frío eterno. ¡Aliento gélido! —exclama Glacier, lanzando su hechizo.

Me cubro con la armadura y, una vez que la parte delantera se congela, deshago el hechizo y la armadura comienza a desmoronarse. Aprovecho para salir corriendo hacia las calles del pueblo.

—¡Luna, no le dejes escapar y ten cuidado con los habitantes! —grita Glacier, molesto al ver que salgo corriendo.

Mientras corro por las calles, el lobo me persigue, esquivando a la gente y acercándose poco a poco. Cuando llego a las tiendas, me giro y apunto a las cuerdas que sujetan el toldo de uno de los puestos.

—¡Lo siento, señor! En la noche abismal, tinieblas susurran, conjuro el poder oscuro. ¡Aguja de la noche!

Cuando las cuerdas son cortadas, la lona del toldo cae sobre el lobo, haciéndolo caer también. Sin embargo, durante el movimiento, el paño que utilizo a modo de capucha se me cae al suelo, dejando mi rostro al descubierto.

—¡Un demonio! ¡Llamad a los guardias y a los magos! —grita un hombre, asustado.

—¡Seguro que ha venido a matarnos a todos! —exclama una mujer, aterrorizada.

—Ese chico me parecía sospechoso. Nunca debería haberle vendido ese saco —dice el mercader que me vendió el saco.

—¡Ese paño es mío! ¡También es un ladrón! ¡Seguro que quería robar la comida y el dinero de las tiendas! —grita otra de las mujeres señalándome con el dedo.

—Ese chico…

—¡Apartaos, yo lo capturaré! Helada esencia, gélidas garras, congelemos en el frío eterno. ¡Lluvia de carámbanos!

Glacier lanza uno de sus hechizos de hielo mientras corre tras de mí.

Mientras corro para esquivar el ataque, alguien agarra mi brazo y me arrastra hacia un callejón. Me sube a un carruaje y pone un gran cesto de manzanas y naranjas sobre mí.

—Cállate y no te muevas, niño. Yo me encargaré de distraerlos —dice una voz masculina.

El hombre arroja unos trapos sucios sobre mí, cubriéndome para que nadie me vea.

—¡Ha huido por el callejón! ¡Intentará ir por el río! —grita hacia el mago para distraerlo.

—¡Luna, destruye la lona y síguelo! —ordena Glacier.

El lobo rompe la lona y comienza a correr hacia el callejón junto a Glacier.

—Shhhh, ya se han ido. Pero salir ahora sería peligroso. Espera y no salgas del escondite hasta que anochezca. Y tranquilo por el lobo, los trapos huelen tan mal que taparán tu olor —me susurra el hombre de forma disimulada.

Levanto la cabeza y reconozco el rostro de la persona que me está ayudando. Es el mercader del puesto de comida que tan amablemente me atendió al llegar a la aldea. «No entiendo por qué me está ayudando, pero no puedo bajar la guardia. Y ahora que lo pienso, Glacier tiene razón. No debería ser posible que pueda usar dos magias diferentes. Han ocurrido tantas cosas que no entiendo. Necesito explicaciones y los únicos que podrían saber algo son los ogros. Debo encontrarlos lo más rápido posible».

Cae la tarde y empieza a anochecer. Aprovecho el tiempo para dormir un poco mientras se calma el ambiente y la gente se retira a sus casas. El silencio se adueña del lugar y las calles se oscurecen.

—Puedes salir ahora, chico. Ya no hay nadie —dice el hombre en un susurro, despertándome.

Me levanto con cuidado, aún desconfiado.

—¿Por qué me estás ayudando? —pregunto con curiosidad.

—Antes que nada, mi nombre es Tobías. Te ayudo porque conozco la verdad sobre tu raza. Mi padre participó en la guerra contra los demonios y me contó que ustedes buscaban hacer tratados de paz, pero los humanos los rechazamos por la estupidez del rey. Ustedes no hicieron nada malo y los llevamos a la extinción. Por eso sé que no eres una persona malvada.

—Gracias por ayudarme. Mi plan era acercarme a la gente para evitar que usaran magia en mi contra, pero no ha salido como esperaba. Sin tu ayuda, me habrían atrapado.

—No tienes que agradecerme nada. Fue culpa nuestra que tu raza fuera erradicada y ahora debes luchar por tu vida. Pero tengo algo importante que decirte. Antes de que mi padre muriera, me habló de algo crucial. El rey ordenó sellar a los demonios en un objeto mágico para poner fin a la guerra de una vez por todas. Si lo encuentras, podrías liberarlos.

—¿Sabes dónde se encuentra ese objeto y cómo es? —pregunto esperanzado.

—No, mi padre no me dio esa información, pero seguramente estará en la capital. Lo mejor para ti es que te vayas, ese mago de hielo y su lobo todavía te están buscando por el pueblo.

—¡Gracias por todo, de verdad! Si nos encontramos nuevamente en el futuro, te lo compensaré, lo prometo.

—¡Por cierto, toma esto! Seguro que te será útil —dice Tobías, entregándome una pequeña daga—. Suerte y que el espíritu del viento te acompañe.

La cojo agradecido y la guardó en mi bolsa.

—Bueno, me voy. Espero que volvamos a encontrarnos.

Salgo corriendo y me adentro en la oscuridad del bosque. El estremecedor silencio resalta los sonidos de las lechuzas que me observan con sus grandes ojos.

«Parece que no todos están en contra de los demonios. Además, me ha proporcionado información importante sobre mi familia. Ahora mi objetivo es llegar a la frontera, que si no recuerdo mal está a tres días a pie. Espero que la comida me dure lo suficiente».

Avanzo hacia el este durante el resto de la noche, pero decido detenerme al lado de un gran lago. El cansancio se apodera de mí y no es prudente seguir sin descansar. Recolecto ramas y hojas de árboles para cubrirme y protegerme del frío, ya que hacer una hoguera podría delatarme.

«Espero que Alice y Tobías no tengan problemas por haberme ayudado. Aunque, con lo que Glacier me dijo, Alice afirmó que le puse una maldición para obligarla a ayudarme, así que supongo que estará bien». Suspiro aliviado. «Aún no puedo creer que Alice, quien se ha burlado de mí y me ha golpeado desde que tenía seis años, me haya salvado la vida. Tal vez las cosas han cambiado y ella realmente pueda ser mi aliada en el futuro». Un leve sonrojo aparece en mi cara al imaginármelo y minutos más tarde caigo rendido por el sueño.

3

El asedio de los goblins

Con los primeros rayos de sol despierto, dolorido por haber dormido en el duro suelo. Los pájaros cantan en las copas de los árboles y la luz del sol se refleja en el lago cercano. Me acerco al agua para refrescarme y beber un poco. Mientras contemplo el lago, veo algunos peces nadando y decido utilizar la aguja de la noche para disparar y atrapar un par de ellos. Los cocino encendiendo una hoguera para desayunar. Están un poco sosos, pero con tanto tiempo sin ingerir alimento alguno, saben a gloria. Al terminar continúo mi camino hacia el este, hasta que unos ruidos llaman mi atención. Decido acercarme con cautela para ver qué sucede.

—¿Pero qué…? —susurro—. ¿Por qué hay goblins aquí? ¿Cómo han cruzado la frontera?

Una decena de goblins armados con dagas y arcos comienza a seguir un estrecho camino que se adentra en el frondoso bosque.

Si no me equivoco, ese camino lleva a Elden, la pequeña aldea a los pies de la montaña de Jade, famosa por sus amuletos mágicos. Lo más probable es que estén planeando atacar la aldea. No puedo permitirlo.

Levanto mis manos y conjuro dos agujas de la noche, matando a dos de ellos. El resto se da la vuelta y me ataca. Tres de los goblins me disparan flechas, mientras que los otros sacan sus dagas.

—Tierra ancestral, fortaleza inquebrantable, responde a mi llamada y protege. ¡Armadura pétrea!

«A ver cómo me dañáis ahora».

Las flechas de los goblins se clavan en la armadura de piedras y tierra compactada, sin herirme. Lo mismo sucede con las dagas.

—¡Bien, es hora de acabar con esto!

Tras un buen rato, logro exterminarlos con facilidad.

—Menos mal que tengo la armadura, ahora estos goblins ya no son un problema.

Justo cuando estoy a punto de continuar mi camino, diviso una enorme columna de humo a lo lejos.

—¡No puede ser! ¡El humo viene de la aldea de Elden!

La aldea tiene algunos edificios en llamas, mientras que otros están destruidos. Los campos de cultivo arden y se escuchan los gritos de múltiples personas pidiendo ayuda.

Voy corriendo hacia la aldea y, cuando llego, me llevo una sorpresa al ver a decenas de goblins atacando el pequeño poblado y a sus habitantes. Pero lo que me sorprende aún más es el campeón goblin que los está dirigiendo.

Por lo que sé, el campeón goblin es una evolución de estos, mucho más grande y corpulento, midiendo unos tres metros. Son muy fuertes y suelen llevar con ellos armas a dos manos de grandes dimensiones; en este caso, una enorme hacha. Son capaces de guiar a un grupo de entre cincuenta y sesenta goblins. En apariencia son iguales, pero estos suelen ir equipados con armadura.

—¿Cómo han pasado la frontera? —me pregunto, desconcertado—. Una cosa es que unos pocos goblins se cuelen, pero un campeón junto a sus lacayos… No puedo permitir que la gente muera.

Cuando uno de los goblins se prepara para atacar a un niño, corro hacia ellos y le ensarto mi daga en la yugular al goblin, cubriéndole la boca para no ser detectado.

—¿Estás bien, pequeño? —le pregunto al niño, de unos seis años y tez pálida, que está en el suelo mirándome con miedo.

Claro, me teme por ser un demonio, pero igualmente no puedo permitir que asesinen a toda esta gente.

Como el chico no reacciona, lo levanto al vuelo y lo llevo a un lugar seguro. El chico me está pateando, intentando escapar de mí. Cuando lo dejo en el suelo, se va corriendo.

Empiezo a atacar a algunos goblins, pero cuando me dispongo a ayudar a una mujer asediada por un grupo de goblins frente a mí, aparece un encapuchado con una máscara cubriendo su rostro. Lleva una capa larga con capucha de color negro que cubre todo su cuerpo y una máscara blanca con aspecto de zorro con dos rayos pintados en las mejillas.

—Rayo fulgurante, chispa vibrante, electrifica el mundo con poder divino. ¡Explosión chispeante!

Lanza una bola de energía eléctrica que, al impactar contra los goblins, explota en rayos de electricidad, golpeándolos y haciéndolos caer al suelo con el cuerpo chamuscado. A continuación, el encapuchado me apunta con la palma de la mano, lista para lanzar otro hechizo.

—¡No te muevas! —me dice de forma amenazadora.

Levanto las manos en señal de rendición.

—¡Espera, no soy tu enemigo! ¡Estoy del mismo lado que tú!

—¿Y por qué debería creerte?

—Sé que no tienes motivos para creerme, pero si no lo haces, ¿cómo derrotarás al campeón goblin?

Mientras hablamos, el campeón goblin destruye con su hacha una casa cercana.

—¡Está bien! Hagamos una tregua temporal.

—Perfecto. Tú protege a la gente, que yo me encargaré de los goblins.

Acto seguido, corro por las destruidas calles en busca de más goblins. Activo mi armadura pétrea y comienzo a correr como puedo, matando goblins con agujas de la noche y golpes de puño, aprovechando la protección que me brinda la armadura.

Después de un buen rato, la mayoría de los goblins han sido eliminados, pero la aldea está en ruinas.

—He logrado poner a salvo a la gente. ¿Cómo lo llevas? —pregunta el encapuchado, que ha aparecido de la nada ante mí.

—Bien, he acabado con la mayoría de los goblins, pero mi reserva de maná se está agotando —digo mientras dejo caer el cuerpo de un goblin muerto al suelo y limpio la sangre verde que mancha mi daga.

—También estoy en mi límite. Lo mejor será acabar rápidamente con el campeón, ya que es el más peligroso.

—Entendido, aunque no sé si podré hacerle mucho daño. Pero intentémoslo.

Me muevo para ocultarme tras unos escombros y le lanzo agujas de la noche al campeón, clavándoselas en su brazo. Sin embargo, no parecen hacerle mucho daño. Tras recibir el impacto, el campeón goblin se dirige hacia mí rugiendo enfadado.

—Rayo fulminante, chispa vibrante, electrifica el mundo con poder divino. ¡Flechas relámpago!

Múltiples flechas eléctricas golpean la espalda del campeón. Aprovecho la distracción para deshacer la armadura y correr hacia él, deslizándome entre sus piernas y haciéndole un corte en uno de sus tobillos con mi daga. El goblin grita e intenta golpearme con su gran hacha, pero consigo esquivarlo, aunque a duras penas.

—¡Debemos tener cuidado, si nos golpea con el hacha, estamos perdidos incluso con mi armadura!

Me pongo de pie, listo para seguir luchando.

—Lo sé, y mejor no pregunto cómo puedes usar dos magias. No creo que pueda lanzar más de tres hechizos antes de quedarme sin maná. —Empieza a respirar agitadamente, demostrando su cansancio.

—Yo no creo que pueda hacer mucho más que tú. Debemos terminar esto rápidamente. —Me limpio el sudor que cae de mi frente mientras recupero el aliento.

Comenzamos a correr en direcciones diferentes, esquivando a los goblins que se interponen en nuestro camino. El campeón me mira con furia, así que intento clavarle dos agujas en los ojos. Sin embargo, bloquea con su mano una de ella y desvía la otra.

—¡Repitamos la estrategia anterior! —grito para que el encapuchado me escuche al otro lado.

El encapuchado lanza sus flechas eléctricas a la espalda del campeón, mientras yo vuelvo a hacerle un corte en la pierna. Pero, en lugar de ir a por mí, el campeón ataca al encapuchado con su hacha.

—Rayo fulminante, chispa vibrante, electrifica el mundo con poder divino. ¡Barrera electromagnética!

Una barrera eléctrica se forma frente a él y choca con el hacha del campeón.

—¡Grrraaa! —gruñe el campeón goblin, ejerciendo más fuerza en su golpe y rompiendo la barrera eléctrica.

Antes de que el golpe lo alcance, le doy un empujón y lo aparto para evitar que sea golpeado y recibir yo el impacto mientras activo mi armadura pétrea para reducir los daños. El golpe me lanza contra un muro cercano, que queda destruido. Allí tirado en el suelo sobre un montón de escombros y aturdido, escupo sangre y la armadura se desmorona.

—¿Por qué me has salvado? —pregunta el encapuchado, mirándome sorprendido.

—Tú no habrías resistido ese golpe. Ahora todo depende de ti —respondo moribundo antes de caer desmayado.

—Gracias. Parece que realmente no eres una mala persona. Daré todo en un último ataque. Rayo fulminante, chispa vibrante, electrifica el mundo con poder divino. ¡Electropulso abrasador!

Un círculo mágico se forma sobre el campeón y un gran rayo impacta sobre él, partiéndolo por la mitad y acabando con su vida.

—¡Por fin! Pero ya no me quedan energías para defenderme de los goblins —dice el misterioso encapuchado, agotado, mientras un grupo de goblins lo rodea.

Comienzo a despertar y entreabro los ojos lentamente. Aclaro la vista y veo al encapuchado que se encuentra en apuros mientras intenta defenderse de los goblins que lo rodean con sus dagas.

Está en peligro y parece haber derrotado al campeón goblin. Me siento inútil, como decía Alice. Todo lo que he conseguido es ser derrotado por alguien más fuerte. ¿Cómo puedo ayudarlo?

Recuerdo del pasado

Zoe se dirige a mí con una expresión seria en su rostro.

—Aiden, ¿por qué permites que Alice te haga todo eso?

Suspiro, mirando al suelo.

—¿Y qué quieres que haga? Ella es parte de la nobleza, básicamente intocable. Todos le tienen miedo.

Zoe esboza una sonrisa desafiante.

—¡Yo no le tengo miedo! Tan solo es una engreída que no puede hacer nada sin sus padres.

La miro con admiración.

—Pero eso es porque eres mayor que nosotros.

Zoe responde entre risas:

—Solo soy un año mayor que tú, y si no le tengo miedo es porque sé que cuando ella crezca, se dará cuenta de que sus padres no podrán ayudarla siempre. Además, sus amigas solo están con ella por el poder de su familia, no es una verdadera amistad. En eso, eres mejor que ella, porque tú y yo somos amigos de verdad.

Unos días después, una familia noble apareció por el orfanato en busca de una niña para adoptar. Esa niña era Zoe. Sin apenas tiempo para despedirnos y con un hatillo en la espalda con sus pocas pertenencias, cruzó el umbral de la puerta del orfanato y no volví a verla nunca más. Sin embargo, aún recordaba sus palabras antes de irse.

—Ya no podré protegerte de Alice y los demás, por eso debes ser fuerte. No les hagas caso y demuéstrales que no eres un inútil como dicen, tú te harás fuerte. Prométemelo.

—Te lo prometo.

Sonrió, con lágrimas en los ojos, mientras me ponía de puntillas para darle un abrazo.

Presente

Mirando al horizonte, dolorido y ensangrentado, comienzo a recordar las palabras de Zoe. «Zoe, si pierdo ahora, no podré cumplir mi promesa. Por eso, no pienso rendirme».

Siento que mi ojo izquierdo se calienta y comienza a brillar. El dolor en mi cuerpo disminuye y aprovecho para levantarme.

—No permitiré que nadie más muera —digo con firmeza—. En la noche abismal, tinieblas susurran, conjuro el poder oscuro. ¡Devoración sombría!

Una sombra se extiende desde mi mano y se acerca a uno de los goblins. Cuando está cerca, la sombra toma la forma de una pantera y lo devora. Después de eso, mis heridas comienzan a curarse levemente.

—¡Esto es increíble! Además, siento cómo mi maná se regenera, aunque sea en pequeña medida. ¡Ahora es mi momento!

La sombra ataca a los goblins restantes, devorándolos a todos.

Una energía recorre mi cuerpo y me siento más vivo que nunca. Mis heridas desaparecen y el dolor mengua, curándome por completo, y el brillo en mi ojo desaparece.

—¿Te encuentras bien? —le pregunto al encapuchado.

—Sí, gracias. Solo tengo agotamiento de maná. Parece que no eres una mala persona. Lo mejor será que te vayas antes de que los caballeros mágicos lleguen.

—¿Me dejarás ir? —Frunzo el ceño, sorprendido.

—Sí, a pesar de ser un demonio, puedo decir que no eres como las historias cuentan. Diré que yo me encargué de todo.

—¡Pero hay personas que me han visto! —le replico preocupado.

—Puedo decir que se han confundido con el campeón goblin. Pero eso no importa, yo me encargaré.

—¡Gracias, de verdad! —asiento, reconociendo el esfuerzo del encapuchado.

Sin perder ni un minuto más, me alejo corriendo de la aldea.

Empieza a anochecer y me detengo en una colina donde un gran árbol en la parte más alta me resguarda para pasar la noche.

—Será mejor empezar a preparar el campamento antes de que anochezca.

Enciendo una hoguera, cuyas llamas chisporrotean y crepitan, iluminando la oscuridad de la noche. Me acomodo cerca del fuego, sintiendo su cálido resplandor, y me dispongo a descansar. Con tranquilidad, saco uno de los panes y un trozo de carne, disfruto cada bocado mientras el aroma del fuego y la comida se mezclan en el aire.

«Aún no entiendo cómo los goblins lograron pasar la frontera. Tal vez han encontrado una ruta para infiltrarse. Debería intentar encontrarla. Además, el nuevo hechizo que aprendí es muy útil, especialmente contra enemigos pequeños. Puedo atacar, me cura y regenera mi maná».

Mientras Aiden descansa, en la aldea también ocurren cosas importantes

—¿Se encuentra bien, señorita? —pregunta un caballero.

—Sí, solo tengo agotamiento de maná. Afortunadamente, no tengo muchas heridas.

—Su padre quiere hablar con usted, probablemente debido a que ha venido sola a pesar del peligro —informa el caballero.

—Eso está claro. Mi padre es muy sobreprotector y siempre me vigila para evitar situaciones peligrosas, a pesar de ser una caballera mágica —dice con seriedad.

—Lo entiendo, pero al menos debería hablar con él. Por cierto, un caballero mágico que ha venido a ayudar quiere hacerle una pregunta.

—Dile que venga.

El caballero se aleja, su figura se disuelve en la distancia. Poco después, el mago aparece, caminando con paso decidido hacia delante.

—Saludos. Mi nombre es Glacier, caballero mágico especializado en el hielo —le dice mientras inca su rodilla en el suelo—. Según lo que los habitantes del pueblo han contado, un demonio que he estado siguiendo ha estado aquí. ¿Ha visto hacia dónde se dirige?

—Es probable que se hayan confundido con el campeón goblin. Solo ha habido goblins en este lugar —responde el encapuchado con calma.

—¿Estás segura? Por la descripción que me dieron, parece ser el mismo demonio que estoy persiguiendo —insiste el mago, desconfiado.

—¿Me estás llamando mentirosa? ¿Acaso no sabes quién soy? ¡No permitiré tal falta de respeto! —exclama con indignación mientras alza la voz.

—No era mi intención faltarle al respeto, señorita. Por supuesto que sé quién es usted, la hija y heredera de William Montclair, uno de los nobles más importantes. Solo quería confirmarlo.

—Espero que sea cierto.

—¡Señorita, el carruaje está listo! —informa el caballero.

El encapuchado sube al carruaje y el convoy comienza a moverse, alejándose del pueblo. Una vez en marcha, se despoja de la máscara dejándola a un lado.

—Vaya, vaya, Aiden —dice con una sonrisa, recordando el encuentro.

4

El grifo herido

Amanece un nuevo día y decido avanzar hacia el este en busca de una zona con agua donde refrescarme. Los primeros rayos de sol calientan, debo darme prisa, así que tras una buena caminata a paso ligero, encuentro un riachuelo que, por la dirección que lleva el agua, parece que está conectado con el lago en el que estuve. Me lavo, ya que todavía tengo sangre de los goblins y mía por todo el cuerpo, y aprovecho para lavar mi ropa.

—¿Por qué es tan difícil quitar la sangre de la ropa? —murmuro con molestia mientras lavo mi camisa.

De repente, noto que río arriba comienza a teñirse el agua con lo que parece ser sangre.

—¡Esa es mucha sangre, puede que alguien esté herido!

Me dirijo hacia allí y me sorprendo al encontrar en la orilla a una cría de grifo con tres flechas clavadas en su ala derecha, de donde está brotando sangre. Me acerco para intentar ayudarla, pero cuando se percata de mi presencia se agita y me grita.

Los grifos son criaturas majestuosas con cabeza y garras delanteras de águila y el resto de su cuerpo de león. Tiene plumas blancas por toda su cabeza y en sus grandes alas, y plumas marrones por el resto del cuerpo. Su pico afilado y sus enormes garras son capaces de atravesar las armaduras con facilidad. Son muy raros de ver, ya que muchos caballeros los intentan cazar para convertirlos en sus invocaciones por su gran fortaleza y con su gran tamaño son muy útiles para desplazarse por tierra y aire.

—¡Grrr-graaa! —ruge el grifo.

—Tranquilo, no quiero hacerte daño —intento calmarlo.

El grifo se pone de pie y se acerca a mí gruñendo.

—¡Hey, no soy tu enemigo, solo quiero ayudarte!

Sin embargo, no parece calmarse y se acerca cada vez más. Empiezo a retroceder y corro hacia el lugar donde había dejado mi ropa para coger el saco. Cuando lo tengo, cojo toda la carne seca y se la enseño para que el grifo se detenga al verla.

—Tienes hambre, ¿verdad? Te la daré si quieres.

—¡Eeeek! —El grifo acerca la cabeza poco a poco y cuando está cerca se come la carne.

—Está rica, ¿verdad? No quiero hacerte daño, por favor, déjame ayudarte.

El grifo me mira con desconfianza, pero veo cómo baja la cabeza. Acerco mi mano y puedo tocarlo, lo cual no parece molestarle. Comienzo a acariciarlo lenta y cuidadosamente.

—Gracias por confiar en mí. Ahora déjame ver tu herida.

Aparte de las tres flechas, tiene un corte en la parte baja del ala. Puedo ver como las puntas de las flechas tienen un líquido verde y viscoso que supongo que es veneno.

—Pobrecito, ¿quién te ha hecho esto? Eres solo una cría. Lo primero será curar el corte. Puede que haya hierbas medicinales por aquí.

Comienzo a buscar en los alrededores y, después de un largo rato, encuentro algunas bajo un árbol.

—Con esto debería ser suficiente. Ahora tengo que machacarlas para hacer una pasta. ¿Sabes? Esto me trae recuerdos de cuando era pequeño. Uno de los chicos del orfanato trajo un pájaro con el ala rota y una de las cuidadoras utilizó estas plantas para curarlo. Espero que también funcione contigo.

Machaco las hierbas sobre una roca, me quito la camisa y uso el cuchillo para hacerla tiras, que servirán como vendas para cubrir la herida.

—Listo, ahora toca curarte. Lo primero será lavar tu herida con agua y luego pondré el vendaje con la pasta de hierbas para curarla y detener el sangrado. Con esto pronto te curarás.

Aunque el grifo muestra algo de incomodidad, logro apretarlas para que no se caigan.

—Listo. Ahora las flechas y el veneno, eso será un problema. No conozco plantas que eliminen el veneno. Lo único que se me ocurre es buscar a quienes te han hecho esto por si tienen el antídoto.

Saco las flechas, lo cual hace que el grifo se altere y me empuje.

—¡Eeeek! —grita el grifo.

Me levanto e intento tranquilizarlo.

—¡Por favor, detente! ¡Tengo que quitar las flechas para curarte!

Parece calmarse y me deja sacar las otras dos con un poco de dificultad.

—¡Shhhh! Tranquilo, pequeño. Ya está. Solo tengo que tapar la herida, pero no me quedan vendas.

Miro a mi alrededor por si puedo usar algo, hasta que veo un árbol con grandes hojas. «Tal vez pueda usarlas para tapar las heridas de forma provisional».

Cojo algunas y se las pongo usando la pasta para pegarlas y que no se le caigan. Una vez que están puestas en su lugar, el grifo se acerca a mí y me deja acariciarlo nuevamente.

—Me alegra que ya no tengas miedo de mí. No sé cuánto tiempo estaremos juntos, amigo, pero te pondré un nombre para que sea más fácil comunicarme contigo. ¿Qué te parece Gáleo?

—¡Eeeek!

Ahora que las heridas están curándose, parece no sentir tanto dolor. Sin embargo, el veneno sigue extendiéndose por su cuerpo. Le digo a Gáleo que no se mueva para que el veneno tarde más en extenderse mientras busco a quienes le han hecho esto.

Me adentro en el bosque y escucho voces no muy lejos. Veo a cuatro personas con ropajes de color verde y hojas por encima para camuflarse. Uno de ellos va armado con un arco, dos llevan espadas y el último va con un bastón con una gema verde en la parte superior, tiene pinta de ser un mago. Probablemente sean cazadores de bestias que venden como invocaciones.

—¿Dónde demonios se ha metido el maldito grifo? —grita uno de los cazadores, molesto.

—¡Con las heridas que tiene, no estará muy lejos! —responde otro.

—El veneno tiene que estar haciendo su efecto, por lo que no se moverá del sitio —añade el arquero.

«Así que ellos son los que hirieron a Gáleo. No dejaré que le hagáis más daño». Levanto mi mano para lanzarles una aguja de la noche, pero antes de pronunciar alguna palabra escucho al mago hablar.

—¡Quien esté entre los árboles! ¿Cuáles son tus intenciones?

Me exalto por haber sido descubierto. «¿Cómo sabe que estoy aquí? Me he asegurado de no hacer ruido. Pero si salgo me atacarán al ver que soy un demonio, lo mejor será atacar».

—En la noche abismal, tinieblas susurran, conjuro el poder oscuro. ¡Aguja de la noche! —susurro.

—Raíces ancestrales, vida entrelazada, florece en esplendor natural. ¡Barrera de raíces! —responde el mago.

Gruesas raíces emergen del suelo deteniendo mi aguja.

—¡Así que nos quiere atacar! ¡Pues no creas que te vas a librar fácilmente de esto! —grita uno de los cazadores desenfundando su espada.

El arquero carga una flecha tensando el arco.

—No lo subestimes, esa magia no se parece a nada que haya visto antes —advierte el mago.

«La magia de ese mago está relacionada con las plantas. Al estar en un bosque será peligroso. Quedarme quieto no es buena idea, voy a intentar aprovechar los árboles para que los otros no me vean».

Empiezo a correr a su alrededor lanzándoles agujas de la noche, las cuales son bloqueadas por las enredaderas.

—¡Eso no funcionará! ¡Vosotros, atacadle, que yo me ocupo de cubriros! —ordena el mago.

—¡Mientras esté entre los árboles, me costará darle! ¡Intentad sacarlo de ahí! —dice el arquero.

—¡Entendido! ¿Estás listo, hermano? —pregunta el primer cazador.

—¡Siempre estoy listo para cazar! —responde el segundo cazador.

Los dos cazadores se adentran entre los árboles en diferentes direcciones. Me acerco a uno de ellos por la espalda y le ataco con mi cuchillo, pero este se da cuenta y me bloquea con facilidad.

—¡Eh, pero si solo es un niño! ¿Nunca te han enseñado a no meterte con los mayores? —exclama el cazador.

Alza su espada para atacarme, pero consigo esquivarlo a duras penas, recibiendo un corte superficial en el pecho.

—¿Y a ti no te han enseñado a no subestimar a tus enemigos? Tierra ancestral, fortaleza inquebrantable, responde a mi llamado y protege. ¡Armadura pétrea!

—¡Maldito mocoso intentando jugar con adultos experimentados! ¡Muere! —grita el cazador.

La espada impacta en mi armadura, clavándose en ella, pero sin atravesarla.

—¡Pero qué demonios…! Es imposible que un niño pueda usar un hechizo tan resistente —dice el segundo cazador, sorprendido.

Mi ojo izquierdo empieza a brillar con un rojo intenso.

—Si tú atacas a matar, yo tendré que hacer lo mismo —digo mientras le lanzo una mirada amenazadora, logrando hacer que dé unos pasos hacia atrás asustado—. En la noche abismal, tinieblas susurran, conjuro el poder oscuro. ¡Devoración sombría!

Una sombra sale de mi mano y toma la forma de una pantera. Al instante, salta sobre el cazador y le ataca ferozmente.

—¡Aaah! —grita el cazador.

El segundo cazador llega siguiendo los gritos y se queda sorprendido al ver a su hermano muerto en el suelo mientras una especie de pantera lo devora.

—¡¡Hermano!! ¡Cabrón, me las pagarás! —grita enfurecido el primer cazador, conmocionado.

—Raíces ancestrales, vida entrelazada, florece en esplendor natural. ¡Lluvia de espinas! —recita el mago mientras su báculo empieza a brillar.

Cientos de espinas se acercan hacia mí. Intento esquivarlas, pero algunas se clavan en mi armadura y otras en los huecos que deja esta para facilitar mi movilidad.

—No vayas tú solo, el resultado será el mismo. Ese chico no es alguien normal —le dice el mago a su compañero.

—¡¿Estás diciendo que no intente matarlo después de lo que le ha hecho a mi hermano?! —responde el cazador, con ira en sus ojos.

—¡No, te estoy diciendo que nos reunamos tres contra uno y tendremos ventaja! —contesta el mago.

Los tres se reúnen. El cazador se pone delante, mientras que el arquero y el mago se encuentran detrás.

«Voy a tener que pensar un plan si quiero vencer a los tres», pienso mientras miro los alrededores. «El mago, sin duda, será un peligro con esas espinas, son demasiadas como para esquivarlas; incluso algunas me han golpeado directamente».

Salgo de los árboles con la espada clavada en mi armadura. Al verme, se sorprenden por mi apariencia, mientras que el cazador me mira con odio.

—Esto explica cómo un niño ha podido vencer a alguien con experiencia en combate. ¡No eres humano, sino un demonio! —dice el mago.

—¿Qué? ¿Un demonio? ¡Pero se suponía que estaban muertos! —dice el arquero asustado, mientras su cuerpo tiembla.

—¡¡A mí me da igual de qué raza sea, me las va a pagar por haber matado a mi hermano!! —exclama el cazador, cada vez más enfadado.

—No te confíes, pese a su juventud, puede vencerte. Algo en él no me gusta, esa armadura que usa es magia de tierra, la cual no debería poseer. Además, la de oscuridad tiene diferentes ramas y no sabemos en qué se especializa —advierte el mago.

Cuando estoy delante de ellos, me detengo, sostengo la espada y me pongo en pose de pelea imitando la del cazador.

—¿Estás bromeando? Se nota que no sabes cómo manejar una espada. Te demostraré cómo se hace —dice el cazador con una sonrisa arrogante.

Me ataca y con el filo de su espada recibo un corte. Consigo bloquearlo, aunque con dificultad. La lucha continúa y hago que uno de sus ataques impacte en un gran árbol. Aprovecho que su espada se ha quedado clavada para correr hacia el arquero. Este parece asustado y dispara una flecha sin mucha fuerza que en un rápido movimiento consigo esquivar sin problemas. El mago utiliza su hechizo para crear un muro de raíces frente a ellos.

—Puede que no sepa usar una espada, pero hasta yo puedo cortar malas hierbas —digo sonriendo siniestramente.

Mi ojo brilla más intensamente y rebano las raíces con facilidad. Suelto la espada y salto encima del arquero mientras extraigo mi cuchillo del saco para clavárselo en el cuello.

—¿Qué? ¡Es imposible que sea tan fuerte como para cortar mis raíces tan fácilmente, incluso a los maestros espadachines les cuesta! —exclama el mago, sorprendido.

—¡Cabrón, tu pelea es conmigo! ¡Arte de la espada, primer despertar! —grita el cazador, desquiciado.

Su espada brilla tanto que me deslumbra, para que acto seguido haga un corte en mi espalda que atraviesa la armadura.

—¡¡¡Esto es por mi hermano!!!

—¡Detente, es una trampa, está cargando un hechizo! —advierte el mago, que sabe que es demasiado tarde.

—¡Muere de una vez, escoria! En la noche abismal, tinieblas susurran, conjuro el poder oscuro. ¡Devoración sombría! —digo con una sonrisa sádica.

La pantera se forma de la sombra en mi mano y se lanza hacia el cazador atacando con rabia y este se defiende con su espada.

—¡Aléjate de él, si estás tan cerca no podré usar mis hechizos! —dice el mago, preocupado por su compañero.

Mientras el cazador intenta esquivar, creo una aguja de la noche con mi mano sobrante y ataco al mago. A este, por estar pendiente del cazador, no le da tiempo a esquivar y le doy en el hombro derecho.

—¡Tu oponente soy yo, así que preocúpate más por tu vida! —digo mientras preparo mi cuchillo.

—Maldito mocoso, no me subestimes. Raíces ancestrales, vida entrelazada, florece en esplendor natural. ¡Semillas espinosas!

Del suelo emergen unas flores moradas que disparan semillas e impactan en mi armadura. En ese momento, enredaderas espinosas crecen, la atraviesan y me hieren. Deshago la armadura y me quito las enredaderas con el cuchillo.

—Eso será un problema, pero no evitará que mueras.

Cargo hacia el mago con mi cuchillo en mano. Él usa la lluvia de espinas, pero no me detengo, aunque me clavo la mayoría de ellas.

—¿Por qué no te detienes? Es imposible que sobrevivas con todas esas heridas —dice el mago con miedo en sus ojos.

Sigo corriendo y, cuchillo en mano, se lo clavo en el estómago.

—¡¡¡Aaah!!! Cabrón de mierda.

Lo apuñalo repetidas veces y de reojo veo como la pantera de sombras está encima del cazador, el cual intenta bloquear su mandíbula con su espada. Dejo el cuchillo clavado en el mago y con la mano libre le disparo una aguja de la noche, dándole en la cabeza y matándolo. Acto seguido, la pantera comienza a comérselo y las heridas empiezan a curarse. A medida que voy sanando, las espinas caen de mi cuerpo.

—¡Imposible! ¿Cómo te curas sin magia curativa? —dice el mago, sorprendido.

—¡Eso no te incumbe! ¡Ahora muere!

Traigo a la pantera de sombras hacia el mago para que lo devore, curándome por completo. Cuando termina, el brillo de mi ojo desaparece y me quedo mirando a mi alrededor.

—¿Qué… qué ha pasado? ¿Yo he hecho esto? —digo, asustado y asqueado.

Miro mis manos llenas de sangre, empiezo a tener arcadas y no puedo evitar vomitar al recordar lo que ha pasado.

—¿Qué ha pasado? He actuado sin ser consciente de mis actos, esto no es como matar goblins, acabo de matar a un humano —digo mientras me limpio la comisura de la boca.

Escucho hierba moverse y me giro para ver a Gáleo, el cual se me acerca y frota su cabeza en mí.

—¡Eeeek! —dice Gáleo con un tono de felicidad.

—Gáleo, ¿qué haces aquí? El veneno aún te hace efecto. Cierto, tengo que encontrar el antídoto.

Me acerco al cadáver del arquero y con un poco de asco encuentro un frasco con un líquido rosa y una etiqueta que tiene escrito «antídoto».

—Gáleo, toma, bebe esto.

Se acerca y le doy de beber la poción.

—Con esto te sentirás mejor —digo mientras le acaricio para tranquilizarlo.

Tras beberlo, Gáleo parece feliz. De pronto un fuerte brillo aparece cubriendo su cuerpo, convirtiéndose en una esfera de luz que se acerca a mi mano. En cuanto me toca, se forma el dibujo de una pluma sobre un círculo mágico en el dorso de mi mano.

—¿Qué ha pasado? Gáleo, ¿dónde estás? —digo, sorprendido mirando a mi alrededor.

Tras decir su nombre, el dibujo en mi mano se ilumina y Gáleo aparece frente a mí.

—¿Qué ha pasado? ¿Acaso eso era la invocación?

—¡Eeeek!

—Entonces, ¡estaremos juntos por siempre, amigo!

Le quito la camisa al arquero y me la pongo, aunque me va un poco grande. También me acerco al cazador y me apropio de su espada enfundada para guardarla en el saco.

Tras volver al riachuelo y refrescarme un poco, ya es hora de seguir mi camino. Me dirijo hacia el este y a lo lejos puedo ver la alta cumbre de una montaña. Gáleo vuelve a brillar desapareciendo en el acto.

«Aún no me puedo creer que haya matado a alguien, pero supongo que tendré que acostumbrarme. Pasar por esto solo no será fácil, pero tengo que esforzarme si quiero vivir. Al menos ahora no estaré tan solo gracias a Gáleo».

5

Más allá de la frontera

Me encuentro en dirección a la sierra de los Cielos Nevados, conformada por las montañas más altas de la región. Su cumbre repleta de nieve puede verse desde la lejanía. Al anochecer, consigo llegar.

«Los goblins venían de esta dirección, tiene que haber alguna forma de atravesar las fronteras sin ser detectados, y el mejor sitio para eso sería esta sierra».

De pronto, siento un olor a sangre no muy lejos de aquí, por lo que me acerco con cuidado para ver. Al llegar puedo observar cómo un grupo de goblins transportan cadáveres de hombres al interior de una cueva en la montaña, la cual está iluminada por antorchas.

«Son muchos, eso tiene que ser su nido. Me será imposible acabar con todos ellos yo solo, y Gáleo no está recuperado, así que no podrá luchar al cien por cien. Pero si realmente hay alguna forma de llegar a las Tierras Olvidadas que no sea a través de las fronteras, tiene que ser aquí».

Veo como un grupo de goblins transportan una carreta llena de mujeres atadas y amordazadas. «¡Maldita sea, deben de haber atacado alguna aldea cercana, no puedo permitir que les hagan daño!», pienso molesto por lo que estoy viendo.

Alzo las palmas de las manos y utilizo la aguja de la noche para matar a los goblins que tiran de la carreta, cosa que alerta al resto. Puedo ver a unos treinta de ellos fuera. Estaremos bien mientras los que permanecen dentro no se den cuenta y salgan.

—¡Ayúdame, Gáleo! —grito para llamar su atención.

En un brillo aparece Gáleo frente a mí de forma majestuosa.

—Gáleo, no te esfuerces demasiado, aún no estás curado del todo —le advierto con preocupación.

—¡Eeek! —responde Gáleo mientras agita las alas.

Más de la mitad de los goblins, empuñando sus dagas, se acercan mientras que el resto se queda en la retaguardia cubriéndoles con sus arcos. Gáleo alza el vuelo y coge a dos de ellos, los lleva hacia el cielo y los arroja contra el suelo, acabando con sus vidas. Mientras, yo saco la espada del saco y activo la armadura de roca. Acto seguido, me abalanzo hacia ellos.

«Hey, la última vez era capaz de correr con normalidad llevando la armadura, pero esta vez me cuesta bastante más, aunque parece que me voy adaptando poco a poco», pienso al darme cuenta de que me cuesta correr.

Con algo de dificultad, doy un tajo a uno de los goblins, pero mi espada se queda atascada en su cuello.

—¡Maldita sea, es más difícil de usar de lo que pensaba! —murmuro molesto.

Le doy una patada y con rapidez clavo la espada en la cabeza de uno de ellos, pero se vuelve a quedar atascada. Como ya están todos los goblins cerca, decido dejarla y saco el cuchillo. Mientras tanto, Gáleo esquiva las flechas de los que se quedaron atrás y arrambla con uno arrancándole la cabeza con el pico.

«Gáleo lo está haciendo muy bien, me toca acabar con estos a mí solo», pienso ganando fuerzas para seguir.

Bloqueo sus ataques usando la armadura de mis brazos y le clavo el cuchillo a uno de ellos en el cuello, para acto seguido sacarlo y tajarle el cuello a otro. Varios goblins saltan sobre mí intentando clavar sus dagas en las aberturas de mi armadura, cosa que solo uno consigue. Tras unos segundos me veo abrumado con múltiples goblins encima de mí, por lo que dejo de contenerme.

—En la noche abismal, tinieblas susurran, conjuro el poder oscuro. ¡Devoración sombría! —exclamó extendiendo la mano.

La sombra en forma de pantera sale de mi mano y comienza a liberarme de los goblins lanzándolos por los aires con sus garras. A lo lejos veo a Gáleo acabar con otro de los arqueros. Ya solo quedan tres de ellos.

—No puedo quedarme atrás. ¡Acabaré con todos vosotros!

Con el cuchillo en mi mano derecha y la pantera cubriéndome las espaldas, corro hacia los goblins que se encuentran frente a mí y acabo con ellos. Las pocas heridas que me hacen se curan gracias a la devoración sombría, que está destrozando a los que están tras de mí.

Finalmente, acabo con el último de los goblins. Gáleo se acerca y, lanzando un fuerte grito, desaparece en un haz de luz. Deshago la armadura pétrea, ya que está agrietada, para seguidamente sacar la espada de la cabeza del goblin y guardarla en el saco. Me giro hacia el carruaje y me acerco con cautela. En total, hay quince mujeres y doce niñas.

—¡Tranquilas, estáis a salvo! Solo tengo que desataros y podréis marcharos de aquí —les digo para intentar tranquilizarlas.

Con ayuda del cuchillo, corto las cuerdas con las que están atadas de brazos y piernas. Al poder moverse, se quitan las mordazas y bajan del carruaje con rapidez. Pero al ayudar a una niña a bajar...

—¡Deja en paz a la niña, demonio! —grita una de las mujeres.

—Eh, no le voy a hacer nada, solo la estoy ayudando a bajar.

—¡Ya, claro! ¿Te crees que vamos a creerte? ¡Puede que ya no haya goblins, pero tú eres más peligroso que ellos! ¡Quién sabe qué tienes pensado hacernos! Seguro que tienes segundas intenciones al ayudarnos —dice otra mujer.

—¿Qué...? ¡Eso no es cierto, yo solo...! —intento explicarme.

Una piedra pasa cerca de mi cabeza, una de las mujeres me la ha lanzado. Algunas me miran con enojo pensando que les voy a hacer algo. Por otro lado, las niñas y tres de las mujeres miran a las otras dudando de lo que dicen.

—¡Pero él nos ha salvado de los monstruos! —interviene una de las niñas, confundida por lo que está pasando.

—¡No creas eso! ¡Seguro que quiere hacernos algo malo! ¡Tal vez matarnos para un ritual o solo por diversión! ¡Los demonios son los monstruos más malvados de todos! —replica otra mujer.

—¿En serio? Pero si el chico no parece malo. Da un poco de miedo porque está cubierto de sangre de goblins, pero aparenta ser buena persona —dice una niña más pequeña que la anterior.

—¡De hecho, no se asemeja a lo que las historias cuentan! ¡Si realmente nos quisiera matar, ya lo habría hecho! —añade otra mujer.

Las mujeres empiezan a discutir sobre mis intenciones, ni siquiera me dejan hablar. De pronto, las niñas se me acercan junto a la que parece ser la mayor del grupo; por su aspecto, aparenta tener alrededor de diez años. Tiene el pelo largo de color castaño con ojos del mismo color. Su ropa de color marrón está rota y sucia por tierra y sangre.

—¡Gracias por salvarnos! —dicen las niñas acercándose.

—No tenéis que darme las gracias, no podía permitir que los goblins os hicieran daño. Pero ¿por qué no me tenéis miedo como el resto? —les pregunto sorprendido pero sonriendo.

Todas las niñas se esconden detrás de la mayor. Parece que sí me tienen algo de miedo.

—Bueno, estamos un poco asustadas, pero no pareces ser como las historias cuentan. Tú eres bueno porque nos has ayudado —dice la niña mayor.

—Eso es porque soy bueno. Me habría gustado haberos ayudado antes del ataque. Aunque no sé si hubiera podido vencerlos. En fin, al menos ya estáis a salvo. Ahora id con los adultos a la aldea más cercana y avisad a los caballeros de este sitio —les explico.

—¿No vas a acompañarnos? —pregunta la niña mayor con preocupación.

—Lo siento, pero no puedo. Tengo que irme lo más rápidamente posible, ya que los caballeros piensan que soy malvado. Pero tranquilas, estaréis bien. ¿Cómo te llamas? —le pregunto.

—Me llamo Rena, ¿y tú? —responde la niña mayor.

—Encantado, Rena. Me llamo Aiden, pero no se lo digáis a nadie.

Las niñas asienten. Me agacho a su altura y saco mi cuchillo.

—Rena, este cuchillo me lo dio un amigo para que me pudiera proteger cuando era débil, y ahora te lo doy yo a ti para que protejas a todos —le digo mientras le enseño el cuchillo.

—¿Estás seguro? Si te lo dio un amigo, ¿no deberías guardarlo?

—Sí, pero ahora ya soy más fuerte y puedo defenderme sin él. Por eso te lo doy. Si quieres, cuando nos volvamos a ver, me lo devuelves, solo si te has vuelto lo suficientemente fuerte como para no necesitarlo. ¿Entendido?

—Sí —dice Rena sonriendo. Mientras me mira, casi parece que sus ojos están brillando.

Le doy el cuchillo. Y al ponerme de pie escucho a las mujeres gritándome.

—¡El demonio está con las niñas! ¡Maldito, no les hagas daño! —grita una de las mujeres alterada.

—Parece que tengo que irme. Rena, esconde el cuchillo para que no te lo quiten y úsalo solo para defenderte. Nos vemos.

Me despido de Rena y las niñas y me voy corriendo al interior de la cueva, la cual tiene una gran bajada con escaleras talladas en las rocas. Cojo una de las antorchas situadas en la pared y desciendo cuidadosamente. Al llegar abajo solo puedo ver un largo camino, del cual no se ve el final. Las paredes tienen antorchas para iluminar los largos pasillos, pero no parece haber nada más.

—No parece ser la guarida de los goblins… Entonces, ¿esto será un camino directo a las Tierras Olvidadas?

Comienzo a andar por el largo túnel que parece no tener fin, hasta que encuentro una gran sala. Esta se encuentra principalmente vacía, a excepción de algunos huesos desperdigados y lo que parecen los restos de una fogata.

—No hay nadie aquí, debería aprovechar para descansar. En serio, qué largo es este túnel, aún no puedo ver una salida.

Me siento en el suelo y me dispongo a comer pan para recuperar energías.

—¿Por qué tuve que darle toda la carne a Gáleo? Ahora tengo que comer pan solo.

Después de comer y descansar, me pongo en pie para volver al camino. Tras horas caminando al fin llego al final del túnel. Al salir de aquella inhóspita cueva, puedo ver que me encuentro en un lugar jamás visto antes.

Es un paisaje árido y oscuro, con un cielo cubierto de nubes por las que apenas pasan rayos de luz, y por algún motivo que desconozco, esta luz tiene un tono rojizo. La falta de vegetación es más que visible, y múltiples picos de roca se alzan por todo el territorio.

—Esto tiene que ser las Tierras Olvidadas, por fin he llegado a mi destino. ¡Por fin, ahora solo tengo que encontrar a los ogros!

Estoy tan contento por haber llegado que no soy consciente de la presencia de otro ser hasta que soy golpeado y lanzado hacia delante. Al recomponerme de nuevo puedo sentir un gran ardor en mi espalda por el golpe, como si mi piel hubiera sido arrancada. Miro a mi agresor y no puedo evitar asustarme al ver a una especie de mantis gigante de color marrón, cuatro largas patas que usa para caminar y otras dos que parecen guadañas, pero con una coraza robusta cubierta de pinchos, que parecen hechas para desgarrar al adversario. Su cabeza es alargada, terminada en tres puntas, y tiene una gran mandíbula que seguramente sería capaz de partirme por la mitad incluso con mi armadura.

—¿Qué es eso? ¡Nunca había visto algo así, ni siquiera en los libros! —Mis piernas tiemblan del miedo.

La bestia suelta un chillido y sale disparada hacia mí. Comienzo a correr hacia uno de los picos de roca que hay cerca para esconderme tras él. La velocidad de la bestia es mayor que la mía, por lo que en unos instantes acorta la distancia de forma peligrosa. Cuando está cerca de mí, abre la mandíbula para intentar morderme, pero consigo protegerme hábilmente detrás de un pilar. La bestia se lanza bruscamente y consigue destruir la roca, haciéndola añicos, quedando casi sepultada por los escombros.

—¡Maldición, si me muerde estoy muerto! —Mis ojos se abren del miedo al ver su mandíbula tan cerca de mí.

Mientras la criatura intenta liberarse de las rocas, tengo un leve mareo. Al fijarme por donde he venido, veo un gran rastro de sangre.

—¡Joder, ese golpe me ha herido más de lo que pensaba! ¡Si esto sigue así terminaré desmayándome!

La criatura consigue liberarse de la montaña de rocas y me mira desafiante, para acto seguido atacarme con una de sus patas guadaña, la que consigo esquivar con dificultad.

«Si me golpea estoy muerto, ya he tenido suficiente suerte con que no me haya matado en el primer golpe». Retrocedo y alzo las manos.

—En la noche abismal, tinieblas susurran, conjuro el poder oscuro. ¡Aguja de la noche!

La aguja impacta en su coraza, apenas clavándose en ella.

—¡Joder, no le he hecho nada! ¿Cómo se supone que debo matarlo? Si la aguja de la noche no sirve, dudo que la devoración sombría pueda hacerlo.

La bestia intenta cortarme con su mandíbula, pero no logro esquivarla del todo y me hace un corte en mi mejilla derecha. A continuación, intento correr entre los pilares para perderla. La bestia me sigue, pero acaba chocando contra los pilares.

—Al parecer, su movilidad no es muy buena, tal vez pueda perderla de vista y…

Mi vista se pone borrosa, vuelvo a marearme y caigo al suelo desplomado.

—¡Joder! ¡Estoy perdiendo demasiada sangre! Aunque logre huir de esa cosa, moriré desangrado. No puedo hacer nada para evitarlo, este es mi fin.

La bestia me alcanza, abre su mandíbula, y yo cierro los ojos esperando mi final. En mi mente van pasando recuerdos de mi vida.

«Ya no podré protegerte de Alice y los demás, por eso debes ser fuerte. No les hagas caso y demuéstrales que no eres un inútil como dicen, tú te volverás fuerte. Promételo».

«Zoe, ya no podré cumplir esa promesa…».

«No tienes que agradecerme nada. Fue culpa nuestra que tu raza fuera erradicada y ahora debes luchar por tu vida. Pero tengo algo importante que decirte. Antes de que mi padre muriese me habló de algo crucial. El rey ordenó sellar a los demonios en un objeto mágico para poner fin a la guerra de una vez por todas. Si lo encuentras, podrías liberarlos».

«Tobías, me confiaste esta información y te pusiste en peligro por mí, para que ahora vaya a morir…».

«¡Eeeek!».

«Gáleo, amigo, espero que no te pase nada malo tras mi muerte y puedas vivir una buena vida».

«Gracias por salvarnos».

«Espero que Rena y las niñas estén bien».

«Solo te estoy devolviendo el favor. Sé que eres un demonio por tu ojo. Todos conocemos la historia de la guerra, por lo que sabemos cómo sois. Pero me has salvado la vida. Mis amigas me han abandonado y tú, que tenías razones para hacerlo, me has salvado poniéndote en peligro y mostrando quién eres. Te has arriesgado por mí y ahora yo te devuelvo el favor. Le dije al mago que había más goblins hacia el norte, no sé cuánto tiempo tardará en darse cuenta de que es mentira, así que cuando el hielo se derrita, vete».

«Alice… Es gracias a ti que he llegado tan lejos. Te arriesgaste para liberarme del hielo, ahora que sabes cómo es la vida supongo que cambiarás para bien. Me habría gustado verte de nuevo, pero esta vez como amigos. Sin embargo, este es mi fin. Seguro que cuando llegue la noticia de que el último demonio ha muerto te enfadarás conmigo…».

—¡Hey, chico! —Escucho una voz desconocida.

«¡Si no fuese tan débil! Incluso después de aprender a usar mi magia me han tenido que ayudar. ¡Soy patético!».

—¡Hey! ¿Me oyes o ya te has muerto?

—¿Qué? —Empiezo a abrir los ojos, confundido—. No, no estoy muerto —contesto con la voz débil y entrecortada.

—Al parecer, no. Por cierto, ¿qué eres? Hueles como un humano, pero tu presencia es la de un demonio.

Al mirar de dónde viene la voz, observo que proviene del mismo lugar donde está la criatura. En ese momento veo que esta tiene una gran espada clavada en la cabeza. Pero lo que más me sorprende no es eso, sino la persona que me habla.

—¿Eres un ogro? —pregunto asombrado.

—¡Pues claro! ¿Qué voy a ser si no, un hombre lagarto?

Los ogros miden como dos metros, su piel es verde y tienen las orejas puntiagudas. Se asemejan a los goblins, aunque la diferencia es que los ogros son mucho más inteligentes, fuertes y grandes, además de que estos sí que pueden reproducirse. En el caso del que hay frente a mí, este tiene el pelo negro, lleva una capa roja y, debajo de esta, una armadura, que parece ser de buena calidad. La espada, que continúa insertada en la cabeza del monstruo, es enorme, parece fabricada por un hábil herrero. Su empuñadura tallada en oro corona el suave filo decorado con grabados que no consigo descifrar.

—Bueno, ¿me vas a decir lo que eres? —me pregunta con curiosidad, mientras me mira fijamente con los brazos cruzados.

—Claro. Me llamo Aiden y, la verdad, ni yo sé qué soy. Pensé que era humano, pero tengo características de demonio y…

Mi vista se va desvaneciendo y caigo desmayado.

6

La ciudad de los ogros

—Entonces, ¿lo encontraste cerca de las fronteras huyendo de un ankheg? —habla una voz muy grave que no reconozco.

—Sí, llegué justo a tiempo para que no lo matara, pero sigo sin entender qué es. Su olor a humano es muy notable, pero su presencia es sin duda la de un demonio, lo cual no tiene sentido, se supone que se habían extinguido —dice una voz que reconozco levemente.

—Grom, lo mejor será que me vaya a buscar a tu padre para cuando despierte.

Las voces me despiertan y cuando abro los ojos observo el lugar en el que me encuentro, no sé cómo he llegado hasta aquí. Estoy en una habitación desconocida y sin mi camiseta, aunque supongo que estaría hecha jirones por la lucha que mantuve con aquella bestia. Las paredes y el techo son de roca, varias antorchas iluminan la gran habitación. Hay un espejo en una de las paredes y seis camas cubiertas con pieles de animales. Yo me encuentro acostado en una de ellas. Cuando miro hacia el lugar del que provienen las voces, puedo ver al ogro que me salvó hablando con otro ogro menos robusto y sin pelo. Sobre su nariz reposan unas gafas que le dan un aspecto de intelectual y su cuerpo lo cubre lo que parece ser una túnica hecha de pieles.

—Grom, parece ser que el chico ya está despierto. Voy a ir a buscar a tu padre. —El ogro con gafas sale de la habitación, mientras el otro se me acerca imponentemente.

—¡Por fin despiertas! Sin duda, ese ankheg te dio una buena paliza, casi mueres, menos mal que el viejo chamán sabe usar magia curativa. Por cierto, me llamo Grom. Tú eres… ¿Amber o Anden?

—Me llamo Aiden.

—Eso, Aiden. ¿Se puede saber por qué has venido a las Tierras Olvidadas? Es más que obvio que no eres un caballero, y si lo eres, sí que tenéis mal entrenamiento.

—Lo primero, no soy un caballero. Lo segundo, he venido a las Tierras Olvidadas para pedir ayuda a los ogros.

—¿Esa ayuda tiene que ver con que tu presencia sea la de un demonio?

—Exacto. El caso es que hace unos días mi apariencia cambió. Parte de mi pelo y uno de mis ojos se volvieron rojos como el de los demonios; además, desde ese momento soy capaz de usar magia de oscuridad. Por esa razón he huido de mi hogar, para pediros ayuda. Si alguien puede saber qué me pasa, tenéis que ser vosotros.

—Espera, ¿estás diciendo que te volviste un demonio de un momento a otro porque sí?

—Se podría decir que sí. No sé el porqué de esto. Y eso no es todo, soy capaz de usar magia de tierra además de la oscura.

—¿Dos magias diferentes? ¡Pero eso no es posible!

—Sí que lo es. De hecho, todo lo que te ha pasado, chico, es por la misma razón. Eres un mestizo de humano y demonio —dice una voz desde la puerta que está detrás de Grom.

—Padre, deje que os presente a Aiden. Aiden, este es mi padre, el líder de nuestra raza, su nombre es Vorgar.

Vorgar es un gran ogro que, pese a ser ya de edad avanzada, es más alto y musculoso que Grom. Tiene varias cicatrices en su cuerpo; de estas, la que más destaca es una gran cicatriz sobre su ojo izquierdo.

—Encantado. ¿Puedo preguntar qué es eso de mestizo? —le digo curioso por lo que había dicho.

—Verás, tu caso es muy raro debido a la enemistad entre ambas razas. Uno de tus padres es humano, y el otro, un demonio. Solo se ha visto algo así una vez en la historia, el rey demonio que llevó a su raza hacia la paz —cuenta Vorgar mientras se acerca a nosotros.

—Pero se supone que los demonios pueden usar magia desde que nacen, y yo no pude, además de que no di señales de ser un demonio hasta hace unos días.

—Eso es por tu sangre humana. Ya que los humanos no pueden usar magia hasta los dieciséis años, ha estado anulando tu sangre demoníaca.

—Y ¿por qué puedo usar dos magias distintas? Tengo entendido que nunca se había visto algo así.

—Eso es porque la magia oscura está atada a la sangre de demonio, por eso estos no pueden usar una magia diferente. Pero tú posees sangre de ambas razas, la magia de oscuridad por tu sangre demoníaca y tu otra magia por la sangre humana. Y, como ya he dicho, el rey demonio era también un mestizo; en su caso, también tenía magia de oscuridad y magia de tierra.

—Aiden, ¿cuál es tu objetivo? —me pregunta Grom en un tono serio.

—¿Objetivo? —le respondo, curioso por saber a qué se refiere.

—¿Por qué razón has estado peleando hasta ahora para llegar aquí? ¿Qué quieres hacer?

—Yo no lo había pensado hasta ahora. Solo quería descubrir qué me había pasado, pero ahora ya no estoy seguro de lo que quiero.

—Grom, ¿acaso estás pensando en eso ahora? —le dice Vorgar a su hijo.

—Padre, sabes que si solo esperamos, acabaremos muriendo también, somos su próximo objetivo.

—¿A qué te refieres? ¿De quién sois su objetivo? —les pregunto.

—El rey humano ya acabó con los demonios por ser los más fuertes de estas tierras. Ahora que ellos ya no están, seremos los siguientes, ya que ahora los más fuertes somos nosotros. Por eso quiero saber si estás dispuesto a ayudarnos atacando antes de que ellos lo hagan.

—¡Grom! Esta es nuestra pelea —Vorgar le rechista a su hijo por su sugerencia.

—¡Pero, padre…!

—¿También atacaréis las aldeas? —les pregunto queriendo saber qué tan lejos quieren llegar.

—¡Claro que no! Nuestro objetivo es el rey y los altos cargos que están dispuestos a hacer de todo para alcanzar el poder —me explica Grom casi al momento de hacerle la pregunta.

—¡Grom! —vuelve a reprender Vorgar.

—Entonces ayudaré, con una condición —les digo mientras me incorporo bruscamente en la cama.

Tanto Vorgar como Grom me miran sorprendidos por mi rápida respuesta.

—Chico, no tienes por qué pelear, matar a los tuyos no tiene que ser fácil —me dice Vorgar, empatizando con mi situación actual.

—Bueno, eso ya lo he hecho. Además, también soy un demonio, por lo que tengo que intentar ayudar a los míos.

—¿Los tuyos? Sabes que probablemente seas el último, ¿cierto? —me dice Grom, convencido de que las posibilidades de que haya más son casi nulas.

—La mayor parte de ellos fueron sellados por un objeto mágico que el rey usó el día del tratado de paz —les confieso esperanzado por si me pueden dar alguna pista.

—¡Por el espíritu de la tierra! ¡Eso explica por qué no había tantos cuerpos cuando llegamos! Pero ¿cómo sabes eso si ni siquiera habías nacido en ese entonces? —me pregunta Vorgar confuso.

—Gracias a un amigo que hice en mi camino hacia aquí. Por eso os ayudaré a liberar a los demonios, ahora conozco la verdadera historia. Además, si perdéis la batalla, irán tras de mí igualmente. Pero tenéis que cumplir mi condición: no dañaréis a ningún civil.

—Está bien, pero con tu nivel actual solo morirás. Grom, encárgate de su entrenamiento —ordena Vorgar.

—Entendido, padre. Ya has oído, Aiden, espero que te esfuerces y des todo de ti en el entrenamiento —me dice Grom con una gran sonrisa en su rostro.

—Sí, tengo que hacerme más fuerte si quiero liberar a los míos y proteger a quien me importa.

—Eso me gusta. Mañana empezamos, así que descansa.

Vorgar y Grom se van. Ahora que estoy solo me dejo caer en la cama.

—Por fin, una cama en la que dormir, ya estaba harto de dormir en el suelo.

Mientras estoy mirando el techo no puedo evitar recordar todo lo que he pasado hasta ahora, miles de imágenes pasan ante mis ojos. Parece increíble que en tan solo unos días haya vivido tantas aventuras.

Me fijo en el espejo al otro lado de la habitación, me levanto un poco dolorido y me acerco. Al mirarme en él puedo verme de una forma que no esperaba. Estoy más delgado y mis músculos se marcan un poco, tengo varias cicatrices en mi cuerpo. En mi hombro, la primera cicatriz producida por la flecha del goblin, las marcas de las espinas y varios cortes, pero la que más destaca es una en mi cara que me hizo la bestia, ankheg creo que le llamaron. Me doy la vuelta para ver mi espalda en el espejo y veo una gran cicatriz.

—Sin duda, esa fue una gran herida.

Recuerdo el momento en el que casi muero y aprieto los puños. «Aún soy débil y debo darlo todo para poder proteger a quien me importa y hacerme fuerte, como le prometí a Zoe. No moriré tan fácilmente, me haré fuerte, el más fuerte de todos».

Vuelvo a la cama y en cuanto cierro los ojos me quedo dormido.

—¡Despierta! —grita Grom, sacudiéndome de mi sueño con su estruendosa voz.

Me incorporo de golpe al escuchar sus gritos.

—¿Qué pasa? —pregunto, alarmado por el tono urgente de su voz.

—Es hora de entrenar, vístete, nos vamos —me responde, con un entusiasmo evidente en sus palabras.

—¿Y no podías despertarme de forma que no me dé un ataque al corazón? —protesto, mientras Grom se ríe a carcajadas.

Agarra ropa limpia del armario y me la lanza. Me visto rápidamente mientras continuamos conversando.

—¿Eh, no habías entrenado antes con otros guerreros? —pregunto, tratando de entender mejor su situación.

—Bueno, debido a mi condición no hay nadie que pueda seguirme el ritmo —explica Grom, mientras observaba mi reacción.

—¿Condición? ¿Acaso te pasa algo? —indago intrigado por sus palabras.

—Cierto, tú no lo sabes. Verás, desde pequeño he tenido unas reservas de maná increíblemente grandes, y con el tiempo no hacían más que crecer. En este momento tengo más maná que el caballero mágico más fuerte del reino humano. Pero a pesar de eso, no soy capaz de usar magia —confiesa, revelando su problema.

—¿En serio? Es una pena que incluso teniendo tanto maná no seas capaz de usarlo —respondo sintiendo empatía por su situación.

Grom sonríe por mi reacción compasiva y continúa explicando:

—Lo sería si no hubiéramos encontrado una solución. ¿Conoces los despertares de espada? —pregunta, cambiando a un tema que parece conocer bien.

Recuerdo al cazador que consiguió herirme incluso con mi armadura.

—Creo que me enfrenté a alguien que lo usó, pero no recuerdo mucho de esa pelea. No sé muy bien a qué te refieres —respondo, tratando de recordar los detalles de aquel enfrentamiento.

—Verás, hay un mineral con propiedades únicas que se ven influidas por el maná. Se suele usar para hacer espadas, ya que es el material más estable. Al imbuirle una maldición de absorción de maná a la espada, soy capaz de usar los despertares. Con mis inmensas reservas de maná no me veo muy afectado, y si por algún casual un enemigo me roba la espada, este perderá maná si la intenta usar —explica Grom, detallando la técnica que emplea para superar su incapacidad para usar magia.

—Ahora que lo recuerdo, puede que esta sea una espada con despertar —menciono, sacando la espada de mi bolsa para que Grom la examine.

Grom sonríe al reconocer el material de la espada.

—Sí, puedo enseñarte a usarla, pero lo primero es mejorar tu estado físico. Estás muy delgaducho, vamos a comer un buen desayuno.

Sigo a Grom fuera de la habitación y luego salimos a la calle, donde observo la vida cotidiana de los ogros en su ciudad. Los edificios de roca, los comercios, las tabernas y hasta una plaza repleta de carruajes me dan la impresión de estar en una ciudad humana, a excepción de los habitantes, todos ogros.

Después de caminar un rato, llegamos a un gran edificio con un cartel que muestra una jarra de cerveza. Desde afuera podemos oír muchas voces dentro del lugar. Entramos y, al dar unos pasos, todos los presentes se callan y me miran con sorpresa, molestia o duda.

—¡Oye, Grom! ¿Qué hace un sucio humano aquí? —pregunta molesto un ogro desde el otro lado de la sala.

—Tranquilos, este es Aiden y no es un simple humano. Desde hoy está bajo mi protección y nos ayudará en la guerra —responde Grom, enfrentando las miradas de desaprobación que nos rodean.

—Tienes que estar de coña, ¿un humano de nuestro lado? ¿Acaso te has vuelto loco, Grom? Tendremos que matarlo antes de que nos traicione —amenaza otro ogro, levantando murmullos entre los presentes.

—¡Inténtalo si quieres, pero para eso tendrás que enfrentarte a mí! —advierte Grom con seriedad, mientras la tensión en la sala aumenta.

Tras decirme eso, veo como uno de los ogros se acerca hacia mí con un hacha en mano. Grom se acerca y me susurra:

—¡Aiden, enséñales tu magia!

—En la noche abismal, tinieblas susurran, conjuro el poder oscuro. ¡Devoración sombría! —recito, y la sombra sale de mi mano tomando su forma de pantera, para acto seguido correr hacia el ogro y arañarle la mejilla. Luego se dirige hacia la mesa donde este se encuentra y comienza a comerse su comida.

—¡Cómo echaba de menos el sabor de la carne! —comento observando la escena mientras la sombra se deleita con la comida del ogro sorprendido.

—¡Imposible, magia oscura! Eso es imposible, a no ser… ¡Tú no eres humano, sino un demonio! —exclama el ogro, asombrado por lo que acaba de presenciar.

—Casi, él es un mestizo entre humano y demonio. Nos ayudará, ya que también sale beneficiado si ganamos —explica Grom, tratando de calmar los ánimos agitados.

La tensión comienza a disminuir lentamente y Grom y yo nos sentamos en una mesa. Una mujer ogro se acerca con dos platos llenos de carne en cada mano.

—Espero que puedas comértelo to… —comienza a decir Grom, pero yo ya estoy devorando la comida, estoy hambriento después de días sin apenas alimentarme.

—Tengo demashhada hambru, no he estadu comiendu bien deshhde hace unos días —digo con la boca llena entre bocado y bocado.

—¡Ja, ja, ja! Sin duda, nos vamos a llevar bien, Aiden. Come todo lo que quieras, invito yo —ríe Grom disfrutando de mi voraz apetito.

Después de comer nos dirigimos a un campo de entrenamiento, en el que comienzo a entrenar físicamente durante un mes entero.

Por fin terminamos la primera parte del entrenamiento, mi fuerza ha aumentado considerablemente. Mi velocidad es lo que más he estado entrenando. Si me enfrentase de nuevo a un ankheg podría huir de él, además de que ahora soy capaz de correr con mi armadura de roca como si no pesara. Y no soy el único a quien está entrenando Grom. Este me presentó a un experto en bestias, así que Gáleo ha estado entrenando con él, y me sorprendí cuando descubrí que Gáleo aprendió a usar magia de viento. Lo próximo en entrenar sería mi habilidad con la espada y la magia. Aparte de eso, los ogros ya se han acostumbrado a que viva con ellos.

—En total, hay ocho despertares de espada, cada uno más fuerte que el anterior. En mi caso, puedo usar hasta el séptimo despertar, pero por ahora centrémonos en que puedas usar el primero. Esta técnica se caracteriza por hacer que tu espada sea tan afilada y resistente como para cortar una roca con facilidad. Para dominarla, debes ser uno con tu espada. Empezaremos por enseñarte cómo usarla —anuncia Grom, señalando el próximo desafío en mi entrenamiento.

—Bien, ¿pero cómo me enseñarás a usar magia si tú no eres capaz de usarla? —pregunto, curioso por saber cómo abordaremos esa parte del entrenamiento.

—Le he pedido ayuda a un amigo para eso. Es un mago de tierra que te enseñará algunos hechizos. Sin embargo, la magia oscura tendrás que aprender a manejarla por tu cuenta.

Grom toma dos espadas de madera y me lanza una de ellas.

—Enséñame qué tienes —me desafía con una sonrisa desafiante.

Ese día, después de hacer el ridículo con la espada y acabar lleno de moratones, fue el inicio de un largo entrenamiento para hacerme tan fuerte como para poder proteger a mis amigos y el inicio de una gran amistad.

7

Una magia nunca antes vista

Ya ha pasado un año y medio desde que empecé mi entrenamiento. Mi dominio de la espada ha mejorado mucho y puedo usar el primer despertar, que hace mi espada más afilada. Ahora me entreno para alcanzar el segundo, con el que puedo atacar más rápido de lo normal. Desde que empecé mi entrenamiento mágico me he dedicado a apuntar todas mis teorías y todo lo que sé sobre magia, además de ideas para crear hechizos nuevos.

Aparte de eso, mi repertorio de hechizos ha aumentado, ahora tengo un hechizo de oscuridad, «látigos voraces», el cual me permite invocar látigos hechos de sombras para capturar a mis enemigos y absorber su maná. Mientras que de tierra he aprendido «lanzas pétreas» y «golem de roca». Los golem son seres gigantes hechos de distintos materiales, los más comunes son los de roca, estos son creados por los magos.

El primero crea lanzas del suelo, las cuales salen disparadas contra mis enemigos; y el segundo, que no me convence mucho, me permite crear un golem. El problema está en que para poder mantenerlo tengo que estar en contacto constante con el golem, y eso no se adapta a mi estilo de pelea.

Pero bueno, aparte de eso también he mejorado mis anteriores hechizos. Mi armadura pétrea es más dura y resistente, además ahora sí que parece una armadura, no como antes, que solo eran unas piedras pegadas a mi cuerpo.

Además, ahora soy capaz de crear dos agujas de la noche con una sola mano y al hacerlas rotar en el aire antes de salir disparadas, son más rápidas y capaces de perforar una armadura de hierro. Mientras que con la devoración sombría, ahora soy capaz de crear un lobo de sombra junto a la pantera.

Actualmente, me encuentro en un campo de entrenamiento luchando contra Grom con la espada.

—¡Aiden, no te descuides, tienes cuatro aberturas en tu defensa! —dice Grom mientras desvía mi ataque con cierta facilidad y me golpea el pecho con su espada de madera.

—¡Ya no puedo más! ¿Podemos tomar un descanso? ¡¡Me duele todo el cuerpo!! —digo, apoyándome en mis rodillas para descansar mientras recupero el aliento.

—¡Está bien! Llevamos ya un buen rato entrenando. ¿Quieres ir a la taberna? —me pregunta con una gran sonrisa sabiendo que no me negaré.

—¡Sí! Me estoy muriendo de hambre.

Guardo mi espada en su funda para luego meterla en mi saco y nos vamos en dirección a la taberna donde solemos ir a comer.

«Ya ha pasado un año y medio desde que estoy aquí y aún no me acostumbro a estar rodeado de ogros. Me pregunto cómo estarán todos en el orfanato. Solo espero que estén bien y no hayan tenido problemas con el hecho de que me crie allí. Y también espero que Alice esté bien».

—¡Hey, Aiden, que ya hemos llegado! —Grom está agitando su mano frente a mi cara. Tal como ha dicho, estamos frente a la taberna.

—Perdón, estaba recordando algunas cosas.

—¿De tu antiguo hogar?

—Sí.

—Tiene que ser duro que de un momento a otro tengas que huir de tu hogar dejando a todos atrás y sin poder volver. —Grom me pone una mano en el hombro y me sonríe—. Pero me tienes a mí, si necesitas hablar con alguien sobre eso soy el indicado, no por nada te prometí ayudarte para que puedas volver a tu casa a revisar que todos estén bien.

—Sí, lo recuerdo. Y te doy las gracias por ello.

—Bien, ahora a comer, que yo también tengo hambre.

Entramos a la taberna y todos nos saludan. Con el tiempo se han acostumbrado a que esté aquí y me tratan como uno más de ellos, aunque eso incluye tener que enfrentarme a algunos de ellos en combates amistosos para que reconozcan mi fuerza. Nos sentamos en una mesa y pedimos mucha carne a la brasa para comer.

—¿Y cómo lo llevo? ¿Crees que pronto podré usar el segundo despertar?

—A este ritmo lo podrás aprender en poco tiempo, pero no te confíes, aún tienes mucho que aprender sobre el arte de la espada.

—Aquí tenéis vuestra comida.

La camarera deja dos platos a rebosar de carne y empezamos a comer mientras hablamos de nuestras cosas, hasta que alguien entra en la taberna.

—¡Grom, por fin te encuentro! Tienes una misión urgente, prepárate para partir —dice Vorgar, que ha alterado a la taberna.

—¿De qué se trata? ¿Para qué me buscas a mí en lugar de mandar a algún pelotón? —Grom pregunta extrañado por la petición de su padre.

—Uno de nuestros equipos de recolección de alimento ha sido atacado por una horda de ankhegs. —Mientras habla, Vorgar tiene una cara seria.

—Entonces manda tantos pelotones como ankhegs haya, con eso tendría que ser más que suficiente —dice Grom restándole importancia, mientras sigue comiendo carne.

—No es tan fácil, el informante ha dicho que es muy probable que en esa horda haya una reina ankheg. —El semblante de Vorgar tiene un atisbo de ira al decirlo.

—¿Qué? ¿Una reina? ¡Pero se supone que no salen de sus madrigueras! —Grom deja de comer y se pone en pie rápidamente.

—Aún no sabemos por qué está fuera, pero es un peligro para todos, por eso tienes que ir tú, eres el único que le puede dar pelea en un uno contra uno.

—Entendido, padre, me pondré en marcha.

—¡Grom, yo también voy! —digo rápidamente, no quiero quedarme atrás.

—Es demasiado peligroso para que tú vayas, aún no has terminado tu entrenamiento —me dice Vorgar con un toque de ira—. No sabes lo peligrosas que son las reinas de ankheg. Si no fuera porque Grom es el único que le puede hacer frente, no le dejaría hacerlo.

—¡Sé que estoy preparado para enfrentarme a ellos! Además, con Gáleo llegaremos antes. Por favor, sé que puedo ser de ayuda.

—¡Esa es la actitud, Aiden! Padre, Aiden está más que preparado para pelear, es muy hábil con la magia y estoy seguro de que podría matar algunos ankhegs. Además, si está en problemas puede huir volando con Gáleo.

—Está bien, pero si estáis en problemas, huir es la prioridad, no podemos permitirnos perderos. —Vorgar suspira derrotado.

—¡Entendido! Vamos, Aiden, no hay tiempo que perder.

—Sí. ¡Gáleo, aparece!

En un fuerte brillo aparece Gáleo frente a mí, agitando las alas, alegre, acercándose para acariciarme con su cabeza.

Gáleo ha crecido en este tiempo y ahora puedo montarlo, aunque aún crecerá más. Además, lleva unas garras de acero en sus patas, que utiliza para atacar junto con su magia de viento.

—¡Aiden, te dije que no invocaras a Gáleo dentro de la taberna! ¡Además, ahora es más grande que la última vez! Si lo haces en unos años, ya no cabrá —grita el dueño del bar.

—Ups, perdón.

Grom y yo salimos de la taberna junto a Gáleo, subo a su lomo y alza el vuelo. En un acto reflejo, Gáleo coge a Grom de los brazos con sus patas para llevarlo. Eso no me lo esperaba, y por la cara que pone Grom, él tampoco.

—¡Tened cuidado en vuestra misión y que el espíritu de la tierra os acompañe! —nos grita Vorgar mientras nos alejamos volando por el cielo.

—¡Lo siento, sé que no tiene que ser muy cómodo, pero no es mala idea!

—¡Tranquilo, no me molesta, además es más emocionante así! ¡Ver todo desde tan alto es increíble, todo se ve tan pequeño desde aquí!

—Por cierto, ¿qué tan fuerte es una reina ankheg? —pregunto mientras miro hacia abajo para ver a Grom.

—¡Es diez veces más fuerte que los normales, ni se te ocurra ir a por ella, aún no estás listo! ¡Tú encárgate de los demás! —El tono de voz de Grom es más serio de lo normal.

—¡Está bien, pero no te pongas en peligro!

—¡Tranquilo, no caeré hasta cumplir mi deber en la cercana guerra!

—Por cierto, ¿qué es eso del espíritu de la tierra? Lo he oído mucho desde que llegué a la aldea, y de donde yo vengo he escuchado hablar sobre el Espíritu del Viento.

—¿En serio no conoces la historia de los cuatro espíritus de los elementos? Pensaba que se conocía en todo el mundo. La historia dice que cuando los dioses crearon a todas las razas, también crearon a cuatro seres milenarios. Estos tomaron la forma de poderosas criaturas, pero se les reconoció por su gran tamaño y marcas que les cubrían todo el cuerpo. Cada uno protege unas tierras de los problemas que sufren. El espíritu del fuego, protector del sur: Ember, el fénix. El espíritu del agua, protector del norte: Nereus, el kraken. El espíritu del viento, protector del este, es decir, tus tierras y más allá: Zephyr, el couatl. Por último, el espíritu de la tierra, protector del oeste, es decir, las Tierras Olvidadas y más allá de ellas: Gaia, el bulette. Por lo que sé, antes se les solía ver, pero hace milenios que no se les ha visto.

—Conozco al fénix, la majestuosa ave hecha de fuego, capaz de revivir de su propia ceniza, y al kraken el poderoso calamar gigante que aterroriza a todo aquel que se adentre en los mares. Pero nunca había oído hablar sobre el couatl y el bulette. —Quiero saber más sobre tales criaturas.

—Por lo que sé, el couatl es una gigantesca serpiente con alas que sobrevuela los cielos desiertos que hay más al este de tu reino. Y el bulette es una criatura imponente con cuerpo robusto cubierto por placas óseas. Su cabeza ancha y su boca llena de dientes afilados dominan su aspecto. Posee cuatro patas musculosas con garras para excavar y una cola poderosa, terminada en un espolón, que le otorga gran fuerza y agilidad. Por lo que he oído, se mueven por debajo de la tierra como si fuese agua. Son increíblemente veloces. Por suerte son raros de ver, pues ya son pocos los que quedan.

—Interesante. Me pregunto qué les habrá pasado a esos espíritus, pero nada se puede hacer ahora y tenemos cosas más importantes en estos momentos.

Tras un largo rato volando podemos ver a lo lejos una nube de humo que se mueve hacia nosotros, justo delante de ella se puede ver lo que parece uno de los carros de los ogros, este está siendo alcanzado poco a poco por la nube de polvo.

—¡¡Aiden, esos tienen que ser los ankhegs, tenemos que bajar!!

—¡¡Está bien!!

Gáleo comienza a descender y cuando estamos encima de la nube de polvo, Grom se deja caer clavando su espada en la cabeza de uno de los ankhegs de enfrente. Gáleo y yo vamos más adelante y me bajo de su lomo de un salto.

—Gáleo, cúbreme con tu magia de viento desde el cielo. —Saco mi espada de la bolsa y la engancho a mi cintura para tenerla a mano.

—¡Eeeek! —Gáleo se queda volando encima de mí, listo para seguir mis órdenes.

Activo mi armadura pétrea y alzo las manos para cargar y disparar dos agujas de la noche que atraviesan la cabeza de uno de los ankhegs, pero no logra matarlo. Este suelta un fuerte grito que hace que todos se detengan. Después del grito, el ankheg herido corre hacia mí para matarme.

—Esta es mi venganza. Tierra ancestral, fortaleza inquebrantable, responde a mi llamado y protege. ¡¡Lanzas pétreas!!

Las múltiples lanzas impactan en el ankheg, la mayoría de ellas se destruyen, pero el resto se clava en las aperturas de su exoesqueleto y en sus heridas de la cabeza. Antes de que el ankheg llegue hasta mí, este cae al suelo muerto.

—Uno menos, solo faltan… ¡muchos! Creo que no he pensado esto muy bien.

Tras la muerte de uno de ellos, el resto empieza a correr hacia mí, por lo que no me queda otra que correr.

—¡Gáleo, te toca! ¡Confío en ti!

—¡Eeeek!

Gáleo suelta un fuerte grito mientras agita con fuerza sus alas, alzando un fuerte viento cortante que impacta contra el gran grupo, causándoles daños en su exoesqueleto y haciendo cortes en los ojos de algunos, lo que provoca que caigan al suelo haciendo que se tropiecen entre ellos. Tras eso, solo cinco de ellos siguen corriendo hacia mí y el resto intenta ponerse de pie.

—¡Bien hecho, Gáleo! ¡Cojo el relevo! Tierra ancestral, fortaleza inquebrantable, responde a mi llamado y protege. ¡Golem! En la noche abismal, tinieblas susurran, conjuro, el poder oscuro. ¡Devoración sombría! Si os separo no seréis un problema.

El gran golem de roca, un poco más grande que los ankhegs, es creado bajo mis pies, elevándome, mientras tengo mi mano pegada a él para mantenerlo. Por otro lado, el lobo y la pantera de sombras empiezan a correr hacia el pequeño grupo, esquivando a los de delante y atacando al de atrás, mientras evitan sus ataques con su gran agilidad.

Cuando los de delante me alcanzan, hago que el golem dé un golpe al de enfrente, destruyendo su cornamenta y dejándolo en el suelo moribundo. Los tres restantes empiezan a cortar con sus garras al golem, que se desmorona poco a poco.

90

Antes de que sea destruido, hago que sujete a uno de ellos mientras yo salto a la cabeza de otro, saco mi espada y, usando el primer despertar, logro atravesar la cabeza de este, y ya que no estoy en contacto con el golem, este se derrumba sobre el ankheg.

—Bien, solo quedan uno en pie y dos que no se pueden mover, esto no es tan difi… —Tengo una sensación dentro de mí como un escalofrío, instintivamente miro en la dirección de las bestias de sombras.

Noto la falta de la pantera y puedo ver a un ankheg muerto, mientras el lobo come de su carne, y al grupo que se había caído a punto de matarlo.

—¡Tienes que estar de coña, ya están aquí! ¡Tengo que matar a estos rápido!

El ankheg que está frente a mí se me abalanza sin darme tiempo a reaccionar. Por suerte, veo cómo Gáleo desciende y, utilizando sus garras, lo tumba.

—¡Gáleo, remata a los dos heridos y yo me encargo de este!

Puedo sentir cómo el lobo es destruido, por lo que en pocos minutos estarán sobre mí. Sin pensarlo dos veces, utilizo el primer despertar para cortarle la cabeza al ankheg restante.

—Bien, ahora solo tengo que seguir dividiéndolos y podré vencer…

Sin darme tiempo a reaccionar, Gáleo me coge con sus garras y me aleja de la zona. Puedo sentir un gran dolor en mi brazo derecho, donde veo un profundo corte, que casi me permite ver el hueso.

Miro hacia abajo y descubro quién me ha hecho el corte. Al parecer, los ankhegs han llegado antes de lo planeado. Si no llega a ser por Gáleo, habría muerto y sin la armadura habría perdido el brazo.

—Esto no es bueno, con esta herida no puedo usar el brazo, así que no puedo usar la espada. Gáleo, vamos a ver si Grom ha terminado, no creo poder seguir peleando contra tantos. —Saco una venda de mi bolsa para cubrir mi herida, con cuidado de no caerme del lomo de Gáleo.

—¡Eeeek!

Nos dirigimos al sitio donde hemos dejado a Grom. Puedo ver a la reina ankheg desde aquí arriba, su tamaño es el doble de grande, y su cornamenta, en vez de tener tres puntas, tiene cuatro, pero dos de ellas han sido cortadas. Su exoesqueleto se ve mucho más resistente, aunque está llena de heridas, y sus garras en forma de guadaña son mucho más grandes y afiladas. Bueno, más bien su garra, ya que le falta una; Grom se la habrá cortado.

Hablando de Grom, lo observo respirando agitadamente, su armadura tiene partes rotas y su pierna está sangrando. Ambos están muy heridos, pero Grom tiene las de perder.

—¡Esto es malo, no podemos permitir que Grom muera!

Gáleo desciende a tierra, dejándome bajar y acercarme a Grom.

—Grom, ¿estás bien, puedes moverte? —Me preocupo al ver que sus heridas son más profundas de lo que esperaba.

—Aiden, ¿qué haces aquí? Tu brazo… ¿Estás bien? —Un semblante de preocupación aparece en su cara al ver mi brazo vendado.

—¡Eran demasiados! ¡He acabado con seis de ellos, pero con mi brazo así, no puedo luchar en condiciones, tenemos que huir mientras podamos!

—¡Esa no es una opción, no podemos dejar que la reina viva! ¡Si te fijas, en su espalda hay un gran bulto, y por lo que sé, lo que hay en él son huevos de ankheg! ¡Si nos vamos se multiplicarán, y eso sería un peligro! —La voz de Grom es más seria de lo normal, cosa rara en él, que siempre está de broma.

—¡Pero no puedes moverte, en tu estado morirás sin matarla!

—Si pudieras inmovilizarla… Pero ninguno de tus hechizos es tan fuerte como para hacerlo, a excepción del golem. La posibilidad de que mueras es muy alta, no puedes arriesgarte.

La reina se ha recompuesto y corre hacia nosotros. Por otro lado, puedo ver a los ankhegs restantes viniendo a lo lejos. Tenemos que actuar rápido.

—¡Grom, tengo una idea! Pero no sé si funcionará. ¡Prepárate para matar a la reina! —Una idea llega a mi mente, pero no estoy seguro de que salga bien.

—¡Aiden, no puedes arriesgarte a morir!

—¡Entonces dependo de ti para vivir después de esto! ¡Gáleo, prepárate para llevarnos en cuanto muera la reina! —Saco la pequeña libreta en la que tengo apuntado todo lo que sé de magia y busco una página en concreto.

—¡Eeeek! —Gáleo despliega sus alas en un majestuoso acto de poder mientras se eleva en el aire.

—¿¿Qué vas a hacer?? —Grom se ve confundido por lo que estoy planeando.

—¡Rezar para que esto funcione! —Encuentro la página que busco y empiezo a leer lo que está escrito—: ¡¡Surgiendo en la oscuridad, tierra ancestral, protégeme!! ¡Golem de sombras!

Frente a mí, un círculo rúnico aparece y encima de él se forma mi golem. El círculo brilla de una forma deslumbrante y una sombra sale del suelo y entra dentro del golem, haciéndolo cambiar. Se puede ver a una gran sombra, la cual utiliza las rocas como armadura.

—¿Qué es eso? ¿Cómo lo has hecho? —Grom tiene cara de no creer lo que está viendo, aunque es entendible.

—¡Eso es un golem de sombras y lo que he hecho es combinar mis dos magias, la de sombra y la de tierra, para crear una nueva! ¡Te presento la magia de tierra sombría! ¡Pero no hay tiempo para hablar, prepárate, ya está aquí!

Me alejo para no resultar herido y mando al golem de sombras hacia la reina. Esta lo embiste, el golem es destruido por el frente, pero poco a poco frena a la reina justo antes de llegar a Grom. La reina utiliza su mandíbula para partir al golem en dos. En el momento en que la parte superior cae, Grom ataca directo a la cabeza de la reina ankheg y…

—¡¡No desperdiciaré esta oportunidad!! ¡¡¡Séptimo despertar!!!

Su espada brilla de un rojo intenso y, sin saber cómo, el filo se hace más grande a la par que unas llamas azules lo recubren. La espada atraviesa la cabeza de la reina partiéndola en dos junto con lo que queda de mi golem.

—¡¡Eso ha sido increíble!! ¡Si ese era el séptimo despertar, no me puedo ni imaginar el octavo! —Sabía que Grom era fuerte, pero eso ha sido increíble y mis ganas de aprender a hacerlo crecen dentro de mí.

—¿A que mola? Reaccioné igual cuando me lo enseñaron. Pero no es momento para hablar. ¡Súbete a Gáleo y vámonos antes de que los otros lleguen!

En el momento en el que Gáleo aterriza, me monto en él y al alzar el vuelo coge a Grom para ir de vuelta a Krugnash y hablar con Vorgar.

—¿Cómo se te ha ocurrido juntar dos magias? —pregunta Grom con curiosidad.

—Bueno, como sabes, he estado investigando sobre mi magia y sus posibilidades, así es como he aprendido mis nuevos hechizos. Pues poco después de aprender a crear el golem, pensé que si conseguía meter una sombra dentro de él lo podría manejar como la devoración sombría, y la verdad es que no había hecho ningún progreso, a excepción de las palabras para formularlo, así que ha sido principalmente suerte que haya funcionado.

—¡Sin duda eres increíble, Aiden! No solo has creado un nuevo y poderoso hechizo en un momento como este, sino que has creado un tipo de magia nueva.

—Bueno, tú no te quedas atrás, has podido vencer a esa reina. Si hubiera sido yo, me habría matado al momento.

Seguimos hablando hasta llegar a la ciudad. Allí nos reunimos con Vorgar y le contamos todo lo ocurrido. Como era de esperar, se sorprende al enterarse de mi magia combinada. Tras la conversación visitamos al chamán de la aldea para que nos cure las heridas.

—Aiden, lo has hecho bien, pero aún te queda mucho para estar al nivel de los caballeros de alto rango, así que desde hoy entrenaremos el doble para terminar tu entrenamiento lo antes posible. —Grom sonríe mientras pone una mano en mi hombro para animarme a entrenar más.

—Bien, pero no te quedes atrás o te superaré —bromeo mientras me dirijo hacia el campo de entrenamiento.

—¡Ja, ja, ja! Esa es la actitud. Pues venga a entrenar. El último en llegar paga la cena. —Grom empieza a correr a una velocidad increíble para su tamaño.

—¡Eso no es justo, eres mucho más rápido que yo! —Creo látigos de sombra para atrapar a Grom y rebasarlo mientras monto encima de Gáleo—. Por suerte, tengo un repertorio de habilidades mayor al tuyo. ¡Ahí te quedas!

Tras lo ocurrido ese día, los entrenamientos se convierten en nuestra principal rutina para ganar la guerra que se avecina. Aunque yo no soy el único que se hace más fuerte…

En la escuela de caballeros mágicos de la capital:

—¡Increíble, sin duda tiene un gran potencial! —El instructor está impresionado mientras toma apuntes en una tabla.

—Sin duda, llegará a un alto rango en poco tiempo tras su graduación —dice otro de los instructores, fascinado por tal demostración de habilidad.

Una chica con un vestido rojo adaptado al combate para poder pelear en condiciones camina entre sus compañeros con su pelo largo y liso de un precioso color castaño, robando las miradas de todos los chicos presentes en la demostración de habilidades de la academia de magos.

—Ella es la prodigio maldita, ¿cierto? —susurra uno de los alumnos a su amigo.

—Sí, se dice que fue maldita antes de venir, pero a pesar de eso ha mostrado tal potencial que la han subido a último curso tras su primer año —explica el otro alumno.

—¿En serio? Es una prodigio de una familia de alto rango, lo tiene todo.

—Sería así de no ser por su maldición. Por cierto, ¿qué tipo de maldición tiene?

—Tengo entendido que es una maldición de obediencia que le puso el diablo que fue visto hace un año y medio.

—¡Vosotros dos, os toca! —El instructor les llama la atención.

—¡Sí! —Los dos chicos se ponen tensos mientras se acercan al instructor para hacer la prueba.

La chica sale de la sala hacia el campo de entrenamiento, donde se pone frente a un muñeco de pruebas y conjura un hechizo.

—Flamas salvajes, furia ardiente, consume todo en llamas despiadadas. ¡Bola de fuego!

Una gran bola de fuego sale disparada y el muñeco de pruebas es cubierto por las llamas, quemándolo hasta convertirlo en cenizas.

—Aún no soy suficientemente fuerte. Bueno, toca seguir entrenando —musita la chica con tono serio, y suspira.

La chica mira al cielo ensimismada. Su larga melena ondea con la suave brisa del atardecer.

—Espero que también te hayas vuelto fuerte, Aiden. —Una sonrisa nostálgica aparece en su cara.

8

De regreso a las tierras humanas

Han pasado ya tres años desde que llegué a las Tierras Olvidadas y por fin estoy listo para volver a las tierras humanas. Ahora soy lo suficientemente fuerte y mi técnica con la espada ha mejorado al nivel de poder usar el cuarto despertar. Pero no solo yo soy más fuerte que antes, Gáleo es capaz de vencer a un ankheg en un uno contra uno, y además ha crecido mucho y ahora podemos montarlo dos personas. Y Grom, bueno, aún no he sido capaz de vencerlo ni una sola vez; sin duda, es alguien muy fuerte.

—Entonces, ¿estáis listos? ¿Tenéis suficientes provisiones? No os habéis olvidado de coger medicinas, ¿cierto? —Vorgar nos pregunta con preocupación exagerada.

—Tranquilo, papá, lo llevamos todo. Además, Aiden y yo somos muy fuertes, solo los caballeros más poderosos nos darán problemas, ¿cierto, Aiden? —Grom me mira sonriendo, mientras me da una palmada en la espalda que me empuja un poco hacia delante.

En este tiempo he crecido hasta llegar a medir un metro ochenta, tengo un cuerpo musculoso lleno de cicatrices, siendo la más destacable una grande que abarca toda mi espalda. Llevo una capa negra con una camisa gris debajo de ella, unos pantalones negros con un pequeño saco sujeto a mi cintura, bastante mejor que el que usaba antes, pues tiene el doble de espacio, y en las manos llevo unos guantes de cuero.

—Claro, aunque no te confíes —le digo mientras me recompongo de la palmada en mi espalda.

—Aiden, vigila que este tonto no se meta en problemas innecesarios —me pide Vorgar con cara de no fiarse de Grom.

—Lo tendré en cuenta, señor —respondo con una falsa seriedad.

—Aiden, ¿tú también? Y yo que pensaba que podía confiar en ti —bromea Grom, al tiempo que finge limpiarse una lágrima.

Al ver su reacción, empezamos a reír.

—¡Venga, Grom, vámonos ya! —le digo mientras me recupero de la risa.

—Por cierto, Aiden, uno de nuestros espías ha obtenido información importante. Al parecer, cada mes un mago de élite es seleccionado para cambiar de lugar un objeto muy importante, es muy probable que sea el mismo objeto que utilizaron para sellar a tu raza.

—Lo tendré en cuenta. ¡Gáleo, ven a mí!

—¡Tened cuidado y que el espíritu de la tierra os proteja! —se despide Vorgar, mientras nos alejamos volando.

Con un haz de luz, Gáleo aparece ante nosotros. Grom y yo subimos a su lomo e iniciamos el viaje hacia la frontera.

Tras una larga travesía de vuelo, podemos ver la gran muralla que separa las Tierras Olvidadas de las humanas.

—Qué recuerdos me trae este sitio, fue aquí donde nos conocimos —dice Grom, mirando hacia el suelo.

—Sí, ya han pasado tres años. La verdad es que nunca me habría imaginado vivir tantas aventuras en aquel entonces, pero

¿sabes algo? No me molesta para nada el cambio que ha tomado mi vida, gracias a eso he podido conocerte a ti, a Gáleo y a muchos más.

—Sí, pero te recuerdo que te salvaste gracias a mí, ¿cierto? —me dice riendo.

—Lo sé, y yo te salvé cuando te enfrentaste a la reina ankheg. —Río mientras se lo recuerdo.

—Ese hechizo que creaste ese día, sin duda, es algo increíble, un hechizo fuerte y resistente que no te limita en cuanto a movilidad, y encima lo has mejorado desde la primera vez. Por cierto, supongo que estarás emocionado por volver a ver a la chica de la que me hablaste —me chincha.

—Grom, te recuerdo que estamos volando al nivel de las nubes, ni siquiera tú aguantarías caer por «accidente» desde esta altura —le digo con una sonrisa maliciosa.

—Está bien, no bromearé más con eso.

En poco tiempo llegamos a la frontera y, ocultándonos entre las espesas nubes, nos acercamos a la sierra de los Cielos para no ser vistos al descender. Al llegar a tierra, desinvoco a Gáleo.

—¿Así que estas son las tierras humanas? Es increíble, todo está lleno de vegetación. Mire donde mire veo un gran número de árboles, con lo raros que son de ver en nuestras tierras.

—Sí, la verdad es que echaba de menos estas vistas, además me traen muchos recuerdos. Cerca de aquí estaba la cueva en la que me adentré para atravesar las fronteras, aunque supongo que ya la habrán sellado —digo, y miro a ver si la veo, sin resultado.

—Bueno, ¿hacia dónde tenemos que ir para llegar a la capital? —pregunta con curiosidad por saber cuánto tiempo más tendremos que viajar.

—No lo sé, habrá que preguntarle a alguien —le respondo de forma desinteresada.

—Espera, ¿cómo que no lo sabes? Pero si vivías en estas tierras —me pregunta incrédulo.

—Te recuerdo que era un niño y además vivía en un orfanato, ¿crees que tenía los suficientes recursos para poder comprar un mapa? Suficiente suerte tuve que pude ir a la escuela.

—Y ¿cómo que preguntarle a alguien? Te recuerdo que intentarán matarnos en cuanto nos descubran, y aunque tú te puedas esconder un poco, yo no.

—Tranquilo, tengo una idea, aunque depende un poco de la suerte. Mientras huía conocí a algunas personas que confían en mí, solo hay que encontrar a alguno de ellos.

—Dime que sabes dónde vive alguna de esas personas, porque si tenemos que ir pueblo por pueblo…

—¿Por qué crees que he dicho que dependemos de la suerte? —digo entre risas al ver la cara de Grom.

—Este va a ser un largo viaje, empecemos a caminar hacia el pueblo más cercano y recemos por encontrar a alguna de esas personas. —Y suspira.

Emprendemos el camino en dirección al primer pueblo atravesando el río. Es un pequeño poblado donde no habrá más de una docena de casas. Al llegar me pongo una capa con capucha para cubrir mi apariencia y no ser reconocido, mientras que Grom se queda escondido en el bosque. Me adentro en las estrechas calles, no hay mucha gente por aquí y me miran con curiosidad. Al final de una de las calles, cerca de una pequeña plaza, veo una vieja posada y decido entrar.

No hay más de tres o cuatro hombres y una posadera. Todos se quedan mirándome. La posadera viene hacia mí y me ofrece asiento en una mesa junto a la barra, apartado de la puerta. Pido una cerveza mientras intento averiguar si conocen al viejo mercader y a Rena, pero no hay suerte, así que de un trago me bebo toda la jarra, me levanto dejando el dinero en la mesa y regreso con Grom.

—¿Ha habido suerte? —me pregunta apoyado en un árbol.

—No, nadie reconoce a ninguno, así que no han estado aquí. Y tú, ¿no te habrán encontrado, verdad? —le pregunto preocupado.

—No, aunque ha sido extraño, un pájaro bastante grande me ha estado mirando fijamente.

—¿Un pájaro grande? Por aquí cerca no tendría que haber más que gorriones y demás aves comunes. ¿Cómo era? —lo interrogo intrigado.

—Tenía unas garras afiladas, la mayor parte de sus plumas eran marrones, y las de su cabeza, blancas. Y por su mirada tiene que ser un gran cazador. Cuando se ha ido, ha soltado un fuerte chillido. —Grom se incorpora y se acerca a mí.

—Lo único que se me ocurre es que fuera un águila, pero no tendría que estar cerca de los pueblos… Grom, ¿hace cuánto lo has visto? —digo alterado, pues me he dado cuenta de lo que está pasando.

—Mmm, poco después de que te fueras. ¿Por qué? —contesta quitándole interés.

—¡Tenemos que irnos ya! Esa águila no era salvaje, es una…

Antes de que termine de hablar, una gran cantidad de agua impacta sobre nosotros, empujándonos hacia atrás y arrancando varios árboles en el impacto.

—Pero ¿qué tenemos aquí? Un ogro y el último demonio. Bien hecho, amiguito, descansa por ahora —suelta burlescamente una voz proveniente de donde estábamos antes.

Frente a nosotros hay un grupo de seis caballeros mágicos, cinco de ellos vestidos con lujosos ropajes y báculos de oro adornados de forma innecesaria con piedras mágicas, mientras que el otro utiliza un vestido rojo que parece estar diseñado para la batalla. Su largo pelo rubio le llega a la cintura y en su cara lleva una máscara blanca con solo las aberturas para los ojos, sin ningún ornamento. Un águila se posa en el hombro del mago del frente y con un chillido ensordecedor desaparece en un haz de luz.

—Hemos tenido suerte, sin duda ganaremos mucho prestigio al derrotar al demonio. Hoy no es vuestro día de suerte, ya que os enfrentáis a mí —dice el mago del frente, mientras mueve su capa dorada en un intento de intimidar.

—¿Cómo que a ti? Aunque seas el líder, no eres el más fuerte, ese soy yo —protesta su compañero, e imita los movimientos del primero con su capa, en este caso de color plateado con un dibujo de un león de un amarillo chillón.

—¡¡Ese soy yo!! —gritan los otros tres también, moviendo sus capas plateadas con diferentes animales dibujados en estas con colores chillones.

—¿Y estos son los aclamados caballeros mágicos? —me susurra Grom ignorando a los magos—. ¿Y por qué llevan esa ropa? Se les tiene que ver desde millas de distancia. Bueno, menos a la de la máscara.

—Sí, pero estos no cuentan, son nobles engreídos que se creen los mejores, pero no llevarán mucho tiempo siendo caballeros, los otros son más intimidantes y fuertes —le respondo susurrando, ignorándolos también.

—Yo me encargo del líder. Vosotros acabad con el resto —dice la chica enmascarada con una voz seria que me es familiar.

«Esa voz, ¿acaso es…?».

—Mientras nos dejes al demonio no importa —le responde el líder a la maga.

—¡Grom, nuestra búsqueda ha terminado! —le anuncio sonriendo.

—¿A qué te refieres? —me pregunta confuso.

Cuando la maga termina de cantar su hechizo, un anillo de fuego aparece en los pies del líder y una gran bocanada de fuego sale disparada hacia el cielo.

—¡Aaah!

—¿Qué estás haciendo? —le pregunta el mago con el león dibujado en su capa.

—Grom, acaba con ellos, pero deja a la maga. En la noche abismal, tinieblas susurran, conjuro el poder oscuro. ¡Aguja de la noche!

Dos agujas aparecen frente a mí girando en el aire. Pocos segundos después salen disparadas hacia uno de los magos, que con la sorpresa no reacciona a tiempo y le atraviesan la cabeza dejando dos grandes agujeros en ella. En un abrir y cerrar de ojos, Grom aparece detrás de dos de los magos y de un solo corte las cabezas de estos caen al suelo en un instante. En ese momento su compañero corre hacia el pueblo, por lo que utilizo la devoración sombría para que se encarguen de él. En un momento, la pantera y el lobo lo alcanzan y empiezan a devorarlo mientras sus gritos se escuchan de fondo.

Me giro en dirección del último mago que ha logrado salir del anillo de fuego extinguiéndolo con su magia de agua, aunque sin duda no ha salido intacto, pues su ropa y su pelo han sido calcinados y su piel está roja con trozos de tela pegados en esta

ALEX PÉREZ PONS

y llena de ampollas. Ahora está en el suelo de rodillas mirando a la maga.

—¡Maldita perra! ¿Cómo te atreves a hacerme esto? ¡Haré que te arrepientas de esto, mi padre se encargará de que no vuelvas a ser un caballero mágico! —grita el líder con ira.

—¿Sabes? ¡Llevo queriendo hacer esto desde que empezamos la academia, la gente como tú me dais asco! Piensas que tienes la vida solucionada por tu estatus social y te metes con los que no son nobles, además de acosar a los que tienen menos prestigio que tú. Sin duda, la nobleza está podrida.

—¡Zorra de mierda! ¡Siempre has sido una molestia defendiendo a esos seres inferiores pese a tu estatus! ¡Todos los rumores eran ciertos, no eres más que la puta del demonio! ¡Cuando te descubran vas a…!

Antes de que siga hablando, mi espada atraviesa su cabeza, haciendo que el filo de esta salga de su entrecejo. Al sacarla cae al suelo muerto, permitiéndome ver a la maga.

—¿Sabes? Es irónico que le hayas dicho todo eso conociendo cómo eras antes, pero me alegro de que hayas cambiado para mejor, Alice —le digo, y le dedico una sonrisa contento por verla después de tanto tiempo y en buenas condiciones.

La maga se quita la máscara y la lanza al suelo, dejándome ver un rostro que hace unos años me habría asustado, pero ahora no puedo evitar sonreír. Físicamente se nota que ha estado entrenando y los años le han sentado muy bien; sin duda, habrá tenido a los chicos locos por ella. Además de eso ha crecido casi igualándome.

—Sí, he cambiado desde la última vez que nos vimos, ya no soy la niñata que fui de pequeña. Ahora soy realista e independiente de mis padres, no como estos pardillos —dice, al tiempo que le da una patada en la cabeza al cuerpo inerte que está frente a ella.

—Aiden, ¿vas a presentarnos? —interviene Grom, que se acerca a nosotros.

—Cierto. Alice, este es Grom. Grom, esta es Alice.

—¿Así que tú eres Alice? Aiden me ha hablado mucho de ti. Es un placer conocerte. —Le extiende la mano para un apretón.

—¿Qué es lo que te ha contado? —Se tensa sabiendo que no hay muy buenos momentos en nuestra infancia. Le da la mano a Grom para saludarlo.

—Lo sabe todo. En estos tres años, Grom y yo nos hemos hecho los mejores amigos, así que acabé contándole todo. Bueno, antes de seguir hablando, lo mejor será irnos de aquí, los gritos habrán llamado la atención de alguien y no me apetece enfrentarme a caballeros de verdad tan pronto —digo para cambiar de tema.

—Tienes razón. Seguidme, sé de un lugar donde podremos pasar la noche sin ser descubiertos —nos pide Alice, que empieza a caminar adentrándose en el bosque.

Grom y yo seguimos a Alice por el bosque hasta llegar a lo que parecen ser las ruinas de una casa. Apartando algunas ramas, descubrimos una escotilla en el suelo. Alice la abre y, tras encender una llama en su mano, comienza a bajar por unas empinadas escaleras de madera. La seguimos y, al llegar abajo, podemos ver una sala que parece haber sido un almacén en otros tiempos. Hay varias estanterías con frascos rotos y cajas de madera vacías.

—Encontré este sitio durante una misión, está abandonado y esta es un área poco transitada —nos comenta Alice mientras quita una telaraña de en medio.

—Gracias por ayudarnos, Alice, pero tengo que pedirte que nos ayudes en algo más —le digo con un tono serio.

—¿De qué se trata?

—Tenemos que infiltrarnos en la capital y no sé dónde está.

—¿Enserio no sabes dónde está la capital? —Se palmea la cara mientras me mira.

—¡Te lo dije! —exclama Grom, y me da un golpecito con el codo.

—Calla —le respondo, sabiendo que me lo recalcará siempre que pueda.

—Pero ¿para qué necesitas infiltrarte en la capital? ¡Eso sería un suicidio! —comenta Alice con preocupación.

Le explico todo lo que sé de mi raza y la información que nos dio Vorgar antes de partir.

—Entonces, ¿los demonios siguen vivos? Pero puede que ese objeto no esté en la capital. Es verdad que es el sitio más seguro, pero también el más obvio para esconder algo tan importante, y más si cada vez está en un lugar diferente.

—Entonces estamos peor que antes. ¿Cómo vamos a encontrar algo que ni siquiera sabemos dónde puede estar? —suspira Grom por tener tantos problemas.

—Alice, ¿sabes de algún mago que pudiese ser el encargado del traslado? —pregunto con la esperanza de poder solucionar el nuevo problema.

—No estoy segura, pero… Hay un viejo mago muy poderoso que se retiró y ahora se encarga de entrenar a jóvenes promesas. Tengo entendido que de vez en cuando el rey le manda misiones importantes.

—¡Por favor, dime que sabes dónde está! —suplica Grom, con la esperanza de no tener que buscar a ciegas.

—Si mal no recuerdo, vivía en Iridea. Puedo llevaros allí si queréis.

—Eso sería genial, Alice. Gracias —le digo, agradecido de que nos acompañe.

—Por ahora comamos algo. Necesitamos energías para nuestra próxima misión —sugiere Grom hambriento.

Saco algo de comida de mi bolsa y Alice utiliza su magia para encender una hoguera y así cocinarla. Al terminar, salgo al exterior y me acuesto en la hierba. A los pocos minutos, Alice sale y se sienta a mi lado.

—Aiden, lo siento —me dice, mientras aparta la mirada con un semblante triste.

—Si lo dices por nuestra infancia, tranquila, te perdoné cuando me ayudaste a huir. Además, nos estás ayudando mucho aun sabiendo que puedes tener problemas si te descubren.

—No me importaría ser descubierta, no tengo nada que perder. Además, prefiero ayudar a un amigo —responde, ahora sonriendo.

—Se me hace muy raro que me llames amigo. —Río y me atraganto un poco mientras bebo.

—Si tanto te molesta, dilo —me dice fingiendo estar enfadada.

—¿Sabes? Cuando te conocí quise ser tu amigo. No sé si lo recuerdas, pero hasta que descubriste que era huérfano, tú y yo jugábamos juntos con Zoe. —Miro el cielo.

—No lo recuerdo, pero sin duda era muy tonta en esa época, por culpa de la nobleza perdí a un buen amigo y gané dos falsas amigas que me abandonaron cuando las necesité. Pero me alegro de que eso haya cambiado.

—Yo también. Por cierto, tengo que contarte todo sobre mi viaje.

Empiezo a contarle todo lo que he pasado desde que salí de la aldea. Cómo me enfrenté a Glacier y aprendí a usar magia de tierra. O cuando luché contra el campeón goblin y conseguí llegar a las Tierras Olvidadas para enfrentarme al ankheg.

Le enseño también la cicatriz que me hizo el ankheg y se sorprende, aunque es bastante normal, ya que cubre toda mi espalda. Y además le relato todas mis aventuras con Grom, quien se une a la conversación.

—… después de eso Grom tuvo que limpiar los baños durante una semana —digo, mientras río recordando el momento.

—¡Ja, ja, ja! ¿En serio hizo eso? —Alice se seca una lágrima de tanto reír.

—Sí, sí, pero cuéntale la historia de cómo acabaste cubierto de mierda de monstruo —pide Grom, vengándose de mí.

—Espera, ¿qué? Cuenta, cuenta…

Seguimos hablando de lo que hemos vivido durante estos tres últimos años. Sin darnos cuenta, se pone el sol y oscurece. Parece mentira lo rápido que pasan las horas cuando estás a gusto con tu gente.

Comienza a refrescar, así que volvemos a entrar al sótano de la casa para dormir. Mañana será un día largo.

9

Pelea contra la gravedad

Un ruido me despierta. Abro los ojos y consigo distinguir dos pequeños ratones correteando por las viejas vigas de madera, algunos rayos de sol atraviesan la escotilla. Me incorporo y veo como Alice y Grom siguen durmiendo. Me estiro un poco y saco algo de comida de mi bolsa para desayunar. Salgo fuera para revisar que no haya nadie en los alrededores. El bosque está en silencio, tan solo el canto de algunos pájaros y el suave sonido del riachuelo rompen ese silencio. Regreso.

—¿Dónde te habías metido? —me pregunta Alice con curiosidad.

—Buenos días. He ido a comprobar si había alguien cerca. No podemos volver a bajar la guardia o estaremos en problemas —le digo mientras me acerco a ella.

—Cierto. De hecho, me sorprende que os detectasen tan fácilmente.

—Grom no conoce la fauna que hay aquí. Es bastante diferente en las Tierras Olvidadas, de donde él viene, allí cualquier animal te quiere matar.

—¡Prepárate! Cuando Grom se levante nos marchamos —dice Alice levantándose del suelo, donde ha pasado la noche.

Grom despierta y nos preparamos para partir hacia Iridea.

—Alice, ¿podrías hablarnos sobre ese mago? —le pregunto queriendo saber a qué nos vamos a enfrentar.

—Por supuesto. Su nombre es Sylvari y su magia es una de las más poderosas, magia gravitatoria. Puede controlar la gravedad a su alrededor.

—Entonces, atacar de cerca será peligroso, lo mejor sería un ataque sorpresa y que Aiden lo inmovilice con su magia sombría —propone Grom.

—No será tan fácil. Como ya he dicho, se dedica a entrenar a jóvenes promesas de la magia, por lo que encontrarlo solo será difícil —advierte Alice seriamente.

Seguimos caminando por el bosque hasta que a lo lejos, en la cima de una colina, vemos lo que parece ser un viejo templo de madera, no muy alto, con un tejado piramidal. En la falda de la colina, vislumbramos una pequeña explanada con dos edificios, uno a cada lado de una gran puerta, y alrededor, un muro que corta el paso.

—¿Está aquí? Qué lugar más extraño para entrenar magia, podría ser destruido fácilmente —comenta Grom observando el edificio.

—Por lo que he oído, cuando no está entrenando a sus alumnos está estudiando sobre sellos mágicos.

—Entonces ese debería ser el momento para atacar.

Esperamos en la lejanía y con la caída de la noche empezamos a ver movimiento. Alguien sale de una de las casas y se dirige hacia el templo mientras un grupo de personas sale por la gran puerta siguiendo el camino hacia el poblado más cercano.

—¡Por fin el maestro nos deja tiempo de descanso! ¡Estoy cansado de tanto entrenar! —comenta uno de los magos.

—La verdad es que es raro, pero hay que aprovechar, que solo nos ha dejado dos días de descanso, después de eso habrá que volver al templo a entrenar —dice otro de los magos mientras caminan.

Los magos continúan su camino y desaparecen a lo lejos.

—¡Perfecto, esos ya no serán un problema! Ahora solo hay que esperar el momento perfecto para atacar —anuncio, al tiempo que miro cómo se marchan los magos.

—Lo mejor será atacar por la noche y dejarlo inconsciente, para eso Aiden será el mejor —dice Grom mirándome.

—Grom y yo estaremos atentos por si el plan no sale bien y tenemos que apoyarte —me dice Alice apoyando su mano en mi hombro.

—Esperemos que no haga falta enfrentarnos a él, puede ser muy peligroso.

Me infiltro dentro del terreno del templo y, escondido entre los arbustos, espero a que aparezca Sylvari. En el momento en el que la luna está en lo más alto del cielo, veo como alguien sale del templo. Es un hombre mayor con el pelo corto peinado hacia atrás y una espesa barba blanca. Lleva una capa de color azul y un libro sujeto en su cintura, cuya cubierta parece entrever una rúnica.

Cuando pasa frente a mí, utilizo mis látigos voraces para inmovilizarlo y taparle la cara, para dejarlo inconsciente por falta de oxígeno. Pero antes de alcanzarlo, los látigos se elevan a gran velocidad hacia el cielo, haciendo que pierda el control de ellos y se desvanezcan.

—¡Por fin haces tu movimiento! Estaba empezando a pensar que os habríais acobardado y no atacaríais —dice con tono monótono, mirando en mi dirección.

—¿Cómo lo has sabido? —le pregunto mientras salgo de los arbustos.

—Habéis venido a por mí sin saber nada, toda esta área y el bosque que la rodea están siendo afectados por mi magia de una forma casi imperceptible. Cada vez que alguien entra sé su ubicación en todo momento. Por ejemplo, sé que tus amigos van a intentar atacarme ahora mismo.

Acto seguido, Grom y Alice llegan cargando un ataque. La espada de Grom brilla preparándose para usar un despertar y Alice lanza una gran bocanada de fuego de entre sus manos. Ambos ataques se ven repelidos con facilidad por una fuerza invisible. Aprovecho la distracción para salir de mi escondite y con mi espada intentar atacar, pero el resultado es el mismo y salgo despedido hacia arriba.

—¡Ya te lo he dicho, intentar atacarme por sorpresa es inútil! —repite de forma arrogante.

—Seguro. ¡¡Gáleo, aparece!!

Gáleo aparece detrás de él y le lanza una oleada de plumas con su magia de viento, pero estas son enviadas hacia arriba cuando están a punto de impactar en él, aunque una de las plumas que iba a clavarse en el suelo, al ser elevada, hace un pequeño corte en su capa.

—¡Nada mal, pero es inútil! ¡Glacier, congélalos!

En ese instante, los cuatro somos congelados casi por completo, dejando solo nuestras cabezas libres, a excepción de Gáleo, que está congelado por completo. Con un movimiento de la mano de Sylvari, somos empujados hacia un mismo punto. De pronto, veo salir por la puerta del templo a alguien que hacía tiempo que no veía.

—¡Ja, ja, ja! ¡Cuánto tiempo sin vernos, sucio demonio! ¿Creías que podrías atacar al maestro? ¡No tienes posibilidades contra él! —espeta Glacier, que baja las escaleras del templo.

—Glacier, ¿los conoces? —le pregunta Sylvari.

—Más o menos. El chico que te ha atacado es el demonio del que le hablé. Y la chica es una de sus víctimas, que ha sido controlada por él. El grifo y el ogro, ni idea.

—Deberías poder deshacer la maldición con todo lo que te he enseñado. Llévatela, yo me encargo del resto hasta que lleguen los caballeros y se los lleven.

Glacier invoca a su loba Luna y con algo de esfuerzo arrastran a Alice hacia uno de los edificios.

—Has tenido suerte de que el rey diera la orden de no matarte si no es necesario. Y el grifo se puede vender por un buen precio. Por otro lado, el ogro no me sirve, así que…

Antes de que Sylvari le pueda hacer daño a Grom, grito.

—¡¡Él es el hijo del líder de los ogros!!

—¡Eso lo cambia todo, al rey le puede ser de utilidad! No molestéis mucho mientras vienen los caballeros y os llevan ante el rey.

—Creo que puedo romper el hielo —me susurra Grom.

—Perfecto, creo que sé cómo puedo dañarlo, pero no lo hagas aún, espera a que Alice actúe y cree una distracción —le respondo entre susurros.

—Bien, pero si no funciona nos retiramos. ¿Oído?

Mientras tanto, Alice...

Estamos en uno de los edificios que rodean el templo mientras Luna me vigila y Glacier está leyendo un libro de hechizos. «Supongo que me tocará actuar para librarme de él y ayudar a Aiden».

—¿Qué tipo de maldición te habrá puesto ese demonio? Supongo que puedo probar hasta que alguna haga efecto —dice Glacier, que mira unos papeles que hay sobre una mesa.

—Gracias por ayudarme, pero ¿no podrías descongelarme? Empiezo a tener frío —le respondo con un falso tono gentil.

—No, el demonio podría volver a controlarte o podrías estar fingiendo y ya no estar bajo su poder. ¡Maldita sea, hay demasiadas opciones como para probarlas una a una! ¿Dónde tienes la marca de la maldición?

—No te permitiré verla, es demasiado vergonzoso —miento para ganar algo de tiempo mientras pienso qué hacer.

—No me lo estás poniendo nada fácil. ¿Al menos recuerdas su forma? —indaga, y coge uno de los papeles y lo observa.

—Sí, descongela mi mano y lo dibujaré en una hoja.

—Está bien, pero como hagas un intento de lanzar un hechizo te congelo entera.

Glacier usa su magia para descongelar mi mano y parte del brazo. Él acerca una hoja de papel que está sobre una tabla de madera para no mojar la hoja y me da una pluma. Empiezo a dibujar un sello.

—Terminé —le digo con una falsa sonrisa.

Glacier vuelve a congelar mi mano y mira la hoja de papel.

—Bien... Qué sello más raro, no parece un sello maldito.

—Eso es porque no lo es. Por cierto, nunca me ha controlado nadie. ¡¡Bola de fuego!! —grito con una sonrisa maliciosa.

—¡¡Eeeh!!

Antes de que él pueda reaccionar, el sello comienza a brillar y una bola de fuego sale disparada hacia mí, derritiendo el hielo lo suficiente para poder salir de él.

—¡Y esto solo acaba de empezar! Flamas salvajes, furia ardiente, consume todo en llamas despiadadas. ¡¡Mundo volcánico!!

El suelo de la casa erupciona y grandes bocanadas de fuego salen de un cráter haciendo arder en un momento todo. Rompo una ventana y salto por ella para correr hacia donde están Aiden y Grom. Mientras estoy corriendo, varios carámbanos de hielo pasan cerca de mí.

Mientras tanto, Aiden...

Uno de los edificios más cercanos a nosotros comienza a arder y bocanadas de fuego y humo salen por sus ventanas.

—¿Qué está pasando? —pregunta Sylvari, observando el fuego que se extiende por el edificio.

—¡¡Grom, ahora!! —le grito, listo para luchar.

El hielo que inmoviliza a Grom es destruido y de un puñetazo rompe el mío y el de Gáleo. Al terminar, él y Gáleo van hacia Sylvari para atacar, pero son lanzados hacia atrás con fuerza, atravesando el muro por arriba y cayendo a lo lejos, en el bosque.

—¿Aún no lo entendéis? ¡No podéis golpearme! —grita Sylvari enfadado.

—¿Seguro? En la noche abismal, tinieblas susurran, conjuro el poder oscuro. ¡¡Devoración sombría!!

Me arrodillo y toco el suelo con mis manos, y de ellas se extienden dos sombras que se fusionan mientras se acercan a él.

—¡Eso será inútil! —vocifera Sylvari, mientras mueve las manos y la hierba bajo las sombras sale volando hacia arriba, pero estas siguen su camino—. ¿Qué? ¿Por qué ahora no funciona?

—¡Simple, estas sombras aún no se han materializado! ¡Gracias a eso he podido crear una nueva variación a mi hechizo!

En el momento en el que la sombra llega a su posición, las fauces de un cocodrilo aparecen bajo sus pies hasta llegar a su cuello. Entonces Sylvari ejerce su poder gravitatorio haciendo que la mandíbula del cocodrilo se parta en dos.

Mientras Sylvari se distrae con la devoración sombría, rápidamente me dirijo en su dirección y desenfundo mi espada.

«Si no me equivoco, Sylvari tiene una barrera gravitatoria a su alrededor que desvía todos los ataques hacia arriba, así que si ataco desde abajo, puede que le dé como lo hizo la pluma de Gáleo».

En el momento que el cocodrilo es partido en dos, llego delante de él, y usando el segundo despertar consigo cortar su brazo derecho, pero mi espada sale volando por la fuerza de la barrera gravitatoria.

—¡Te dije que no funciona…!

—¡Por fin entiendo cómo funciona tu magia! —le digo estando a pocos centímetros de él.

El brazo derecho de Sylvari está en el suelo y mi espada cae a lo lejos, clavándose en la tierra.

—¡¡¡Maldito!!!

Soy repelido hacia atrás, pero consigo mantenerme en pie. Al lado puedo ver a Alice llegar, seguida por Glacier y Luna con signos de quemaduras. Alice se acerca a mí y Glacier a Sylvari.

—¡Maestro! ¿Estás bien? —le pregunta Glacier a su maestro.

—¿No ves que no? ¡Congela mi herida y ayúdame! Además, ¿qué demonios ha pasado con la chica? ¿Por qué está con ese cabrón? —grita Sylvari, irascible por lo ocurrido.

—Al parecer no estaba maldita, sino que está de su lado por voluntad propia.

—¡Entonces la mataré para vengarme! —brama Sylvari muy enfadado.

—Aiden, ¿estás bien? ¿Dónde están Grom y Gáleo? —me pregunta Alice, preocupada por no verlos.

—Yo estoy bien y ellos han sido lanzados hacia el bosque, no sé nada de ellos. Por cierto, tu anillo de fuego se genera debajo de tu objetivo, ¿verdad?

—Sí, pero será inútil. Con lo que tarda en lanzar el fuego, le da tiempo a neutralizarlo, incrementando la gravedad, e impedirá que salga el fuego hacia arriba.

—¿Y si la gravedad a su alrededor no va hacia abajo, sino hacia arriba?

—Entiendo, así es como le has cortado el brazo. En ese caso, seguro que le da.

—¡Perfecto, pues yo me encargo de Glacier y tú ataca a Sylvari!

Creo dos agujas de la noche y las lanzo en dirección a Glacier, y tal y como esperaba son repelidas, pero cumplen la misión de llamar su atención. Saco mi espada del suelo y cargo contra Glacier, el cual hace lo mismo junto con Luna. Él me lanza carámbanos de hielo, pero los rompo con mi espada. Luna se abalanza contra mí, por lo que tengo que crear mi armadura pétrea.

—¡Glacier, apártate de él, déjame a mí! —grita Sylvari sin prestar atención a nada más.

—¡Que te lo has creído! —Alice termina de conjurar y una bocanada de fuego sale de debajo de él y se envuelve en llamas durante unos segundos hasta que se desvanece. La capa de Sylvari se quema y el hielo en su brazo se derrite por completo, su cuerpo tiene algunas quemaduras leves en la piel.

—¡¡Ya estoy harto!! ¡¡Que le den a la petición de mantenerte vivo, te voy a matar ahora!! —Sylvari parece haber perdido el raciocinio.

En un instante siento una gran presión sobre mí que me estampa contra el suelo. Por los gritos que oigo de fondo, Alice, Glacier y Luna están en mi misma situación. El suelo se empieza a partir y a hundir. Escucho el mismo ruido que suena cuando desinvoco a Gáleo, así que supongo que Glacier ha desinvocado a Luna.

—¡Aah! ¡Maestro, detente, por favor! —grita Glacier con dolor.

—Glacier, tu sacrificio será visto como algo fundamental para la muerte del demonio, eso tendría que ser suficiente —dice, haciendo que Glacier se tense aún más.

La presión es cada vez mayor, el suelo se destruye y siento como si fuera a desmayarme. De pronto, escucho cómo algo cae con mucha fuerza clavándose en el suelo unos metros frente a mí.

—¿De dónde ha salido eso? —pregunta Sylvari, observando el causante del estruendo.

—¿Esa es la espada de Grom? —cuestiono al momento de verla.

Con un poco de dificultad, muevo la cabeza lo suficiente para ver a Sylvari. Momentos después, un destello verde cae del cielo golpeando a Sylvari y haciendo que la presión que sentía desaparezca.

—¡Eso ha sido increíble! ¡Con la fuerza de gravedad aumentada, mi golpe ha sido mucho más fuerte! —exclama Grom, eufórico por lo acontecido.

—¡Eeeek! —Gáleo suelta un grito mientras agita sus alas como muestra de felicidad.

Gáleo aterriza cerca de Grom, y mientras este va a recoger su espada, yo me levanto y me acerco a Sylvari, que está tumbado en el suelo, escupiendo sangre, con la cabeza abierta y sangrando por la falta de brazo.

—¿Dónde está la reliquia que tiene a los demonios sellados? —le pregunto, al tiempo que chafo su mano con mi pie para impedir que haga cualquier movimiento.

—¿Así que sabes de su existencia? Eso da igual, en cuanto el rey sepa de mi muerte, él mismo se encargará de protegerla. En ese instante estaréis perdidos, nadie puede vencerlo, ni siquiera yo he podido herirlo —amenaza con una sonrisa perversa, mientras sangra por la comisura de su boca.

—También decías que no podríamos vencerte y mírate.

—Yo me he confiado, pero el rey es imparable. Además, aún no me has vencido. —Sonríe maliciosamente antes de gritar—: ¡Sello de supresión mágica!

Antes de darme cuenta, un sello mágico aparece bajo nuestros pies. Intento salir de él, pero es inútil. En el momento en que es activado, lo poco que queda de mi armadura pétrea se deshace y Gáleo se desinvoca sin mi orden.

—¿Qué? ¿Qué me has hecho? —le pregunto alterado por lo visto.

Al volver a mirar hacia Sylvari, me doy cuenta de que ya está muerto. Pero no tengo tiempo para descansar, ya que el suelo empieza a desprenderse.

—¡Aiden, sal de ahí! —Grom grita con preocupación mientras me observa.

—¡Espera, Alice sigue aquí!

Corro en dirección a Alice, que está inconsciente dentro de un pequeño cráter. Al lado puedo ver a Glacier, pero no tengo tiempo para ayudarlo. Empiezo a caminar hacia Grom, pero a este ritmo no llegaré a tiempo.

—Tierra ancestral, fortaleza inquebrantable, responde a mi llamada y protege. ¡Golem de roca!

A pesar de lanzar mi hechizo, no ocurre nada.

—¡Mierda, ese cabrón de Sylvari! ¿Qué me ha hecho? —El miedo recorre todo mi cuerpo al ver como el suelo empieza a ceder detrás de mí.

Estoy llegando hacia Grom, pero el suelo bajo mis pies empieza a caer, así que decido coger en volandas a Alice y lanzarla hacia él.

—¡Grom, salva a Alice!

La coge en brazos antes de que toque el suelo, mientras yo caigo hacia un abismo. Al caer, veo como un destello morado salta tras de mí.

—¡¡Aiden!!

10

Una alianza inesperada

Abro los ojos y solo hay oscuridad. Parpadeo varias veces y logro divisar a lo lejos una luz morada acercándose hacia mí. Rápidamente, me pongo en guardia, pero según se acerca reduce la velocidad hasta que se detiene en seco. Entre tanta oscuridad consigo distinguir lo que parece ser un pequeño zorro de color morado del que salen chispas que iluminan el lugar. Parece tranquilo, merodeando a mi alrededor, no da la impresión de querer atacarme, así que aprovecho su luz para intentar averiguar dónde estoy.

Por lo poco que puedo observar, estoy en una especie de cueva llena de rocas que se han desprendido. A unos metros veo la empuñadura de mi espada enterrada, y más lejos está Glacier inconsciente. Me acerco a recoger mi espada y cuando voy hacia Glacier escucho un ruido detrás de mí. Una luz roja se acerca por el mismo camino por el que ha venido el zorro.

Decido esconderme detrás de los escombros y el zorro viene tras de mí, pero esta vez se apaga su brillo. Me asomo sigilosamente entre las rocas y veo una especie de lagarto gigante hecho de lava y rocas, parece estar buscando algo. Mientras observo al lagarto, puedo ver de reojo cómo Glacier se levanta, así que rápidamente le tapo la boca y lo meto entre los escombros donde estoy escondido.

—¡Mmm! —Glacier empieza a despertar.

—¡Shhhh, cállate si no quieres morir chamuscado! —le susurro, y sigo tapándole la boca.

—¡No me toques, sucio demonio! —grita apartando mi mano de un manotazo.

Glacier se levanta y se queda mirando al lagarto, que se acerca a él.

—¿Qué mierda es eso? ¡No te acerques! Helada esencia, gélidas garras, congelemos en el frío eterno. ¡Crioescarcha aniquiladora!

Una tormenta de nieve sale disparada hacia el lagarto, congelando todo al instante. Cuando la fría escarcha se acerca al lagarto no le pasa nada, y además este derrite el hielo según se va acercando.

—¿Qué? ¿Por qué no le ha hecho nada? ¡Ese era mi hechizo más fuerte! —se extraña Glacier, con miedo al ver que su hechizo no le hace efecto.

El lagarto salta hacia él y antes de poder golpearlo consigo apartarlo tirando de su brazo. Empezamos a correr entre los escombros, huyendo de la bestia que nos persigue.

—¿Por qué tenías que atacarlo? ¡Si te hubieras quedado quieto y sin hablar, no estaríamos en este problema! —le regaño enfadado, mientras corro lo más rápido que puedo.

—¡Calla, demonio! ¡Igualmente, nos hubiese encontrado tarde o temprano! ¡Así que podrías ayudar un poco si no quieres morir tú también! —me reprocha Glacier, siguiéndome el ritmo.

—¡Lo haría si no fuera porque ese cabrón de Sylvari me ha hecho algo y no puedo usar magia!

—¡Joder! ¿No puedes ser más inútil? ¡Porque a no ser que ese pequeño zorro pueda vencer al lagarto, estamos muertos!

El pequeño zorro va corriendo por delante de nosotros y no parece tener intenciones de atacar, por lo que sospecho que no nos será muy útil.

De pronto, el lagarto se detiene y se levanta a dos patas, lanza una bola de lava y rocas desde su boca justo delante de nosotros y nos corta el camino.

—¡Mierda! ¡Si eso nos llega a golpear, nos mata al instante! —exclamo asustado, viendo como la lava se desparrama por el suelo.

—¡No me digas, genio! ¡Es lava, claro que nos mata!

—¡Calla y haz algo, joder! —grito, y vuelvo a correr huyendo del lagarto, que ya está a nada de alcanzarnos.

—¡Pero si tú no has hecho nada, listo! —me recrimina, mientras saltamos unas rocas que poco después son devoradas por el lagarto.

El monstruo de lava está cada vez más cerca, y por desesperación intento lanzar hechizos, golem de roca y lanzas pétreas, pero no pasa nada, hasta que…

—¡Joder, que esto funcione! En la noche abismal, tinieblas susurran, conjuro el poder oscuro. ¡¡Aguja de la noche!!

Pese a no tener esperanzas, dos agujas se forman delante de mí, atravesando su cuerpo y haciéndole gritar.

—¿Por qué ha funcionado? —digo mirándome las manos, confundido.

—¡Eso no importa, ahora mata a ese cabrón antes de que él nos mate a nosotros! —me pide, y se esconde detrás de una montaña de tierra.

Levanto las manos rápidamente y disparo varias agujas de la noche que impactan en su cuerpo, pero no parecen ser suficiente. Mientras retrocedo para no ser alcanzado, creo mis látigos de sombras para inmovilizarlo contra el suelo, priorizando su boca para que no pueda atacar. Aprovecho que está inmóvil para darle el golpe de gracia con una aguja en la cabeza, acabando definitivamente con él.

—¡Ja, ja, ja, ja! Menos mal que ha funcionado. Aunque aún no entiendo por qué puedo usar mi magia para hechizos de oscuridad, pero no para el resto. No puedo usar hechizos de tierra, ni canalizar la magia en mi espada, ni invocar a Gáleo —reflexiono, confundido por lo que me está pasando.

—Habías dicho que mi maestro es el responsable, déjame ver tu cuerpo —me pide saliendo del cúmulo de tierra.

—¿Por qué debería fiarme de ti? ¿Seguro que no tienes otra intención? —Le clavo la mirada, desconfiado.

—Ojalá pudiera capturarte ahora mismo para llevarte con el rey. Para tu suerte, yo no puedo matar a esos lagartos, y seguro que me encuentro a más de uno por el camino mientras busco una salida. Dejémoslo como una alianza temporal —dice, chasqueando la lengua con impotencia.

—¿Y por qué tendría que ayudarte? No gano nada más que una carga que proteger.

—En eso te equivocas, lo más seguro es que mi maestro te haya puesto un sello maldito. Solo yo puedo ayudarte a quitarlo.

—¡Ya, y me tengo que creer que vas a hacer eso por mí!

—Solo yo tengo el conocimiento sobre los estudios del maestro, así que no tienes otra opción.

—Está bien, ¡pero no intentes joderme o te arrepentirás!

Dejo a Glacier revisar mi cuerpo hasta que encuentra el sello en mi nuca.

—Sin duda, el maestro es increíble. El sello es demasiado fuerte como para romperlo con lo que tengo a mi disposición.

Fuera de aquí podría conseguir los materiales necesarios con facilidad —me explica, mientras toca el sello revisándolo.

—Así que estamos en las mismas. Cuando salgamos de aquí seguro que no me ayudarás —lamento, y lo aparto para que no intente nada malo.

—Obvio, pero nadie más puede hacerlo.

—Está bien, ahora busquemos una salida.

El zorro está sentado frente al pasillo por el que vino el lagarto. Al acercarnos se levanta y continúa el camino. Decidimos seguirlo, ya que es la única fuente de luz.

—Por cierto, ¿sabes por qué solo puedo usar mi magia de oscuridad? Por lo que dijo Sylvari, ya no tendría que ser capaz de usar magia —le pregunto para intentar resolver la duda que ha estado creciendo en mí desde que tengo el sello.

—Ni idea, el sello está completo, así que no tendría que fallar. Será algo relacionado con tu raza —suelta con desdén.

—Si no me equivoco, la magia de oscuridad corre por la sangre de los demonios, es por eso que estos son los únicos que pueden usarla.

—Podría ser eso. En los humanos es diferente, cada uno despierta su magia a partir de los dieciséis años.

—Lo sé, soy medio humano. Los ogros y yo suponemos que desperté mi parte demoníaca a los dieciséis años por esa restricción. Nací con reservas de magia muy pequeñas, pero resulta que era porque estaban selladas junto con mis características de demonio.

—¿De qué estás hablando? ¿Cómo que medio humano? ¡Eso es imposible, eres claramente un demonio! —me dice sin creer una sola de mis palabras.

—Pertenezco a las dos razas, soy un mestizo. Por eso no se sabía que aún quedaba un demonio. Porque lo descubrí el mismo día que tú —le cuento, justo cuando subimos un gran escalón de roca.

—Pero ¿cómo es posible? ¿Un demonio y un humano juntos? ¿Por qué? Vosotros sois una amenaza para los humanos.

—Eso es lo que te han contado, pero no es cierto.

En eso, escuchamos varios chillidos y ante nosotros aparecen volando cinco enormes murciélagos, tan grandes como una persona, con una mandíbula que deja ver sus afilados colmillos. Sus ojos amarillos parecen atravesarnos con una mirada afilada. Al verlos, el zorro corre detrás de mí buscando protección.

—¡Mira, contra estos sí que puedes luchar! —le digo de forma sarcástica, intentando burlarme de él un poco.

Invoco mi devoración sombría y mis bestias corren hacia uno de los murciélagos, mientras que yo voy a por otro con mi espada en mano.

—¡Aunque no pueda usar los despertares, sigo siendo hábil con la espada! —le aseguro, y desenfundo mi arma.

Lucho contra uno de los murciélagos, el cual me da problemas por su capacidad de volar. Cuando voy a lanzar agujas de la noche, una lluvia de carámbanos de hielo impacta en sus alas impidiéndoles volar.

—¡Así lo tendrás más fácil! —me dice Glacier con tono arrogante, mientras crea un gran carámbano de hielo en su mano para atravesar el cuerpo de uno de los murciélagos.

Ahora que no pueden volar es más fácil, así que le doy un último golpe de gracia cortándolo por la mitad con mi espada. Mis bestias han devorado a otros dos y Glacier ha empalado al último.

—¡Gracias, pero podía con ellos yo solo!

—¡Ya, seguro! ¡Deja de hablar y sigamos! —escupe de forma sarcástica, pasando por mi lado y chocando con mi hombro como si me ignorase.

Ya sin bichos molestos, nos adentramos por el túnel siguiendo al zorro hasta llegar a una gigantesca caverna en la que hay un río de lava con incontables lagartos gigantes.

—¡Ni de coña puedo matar a todos esos lagartos! Vamos a tener que pasar sigilosamente —susurro mientras miro asustado la gran cantidad de lagartos.

—Por suerte, casi ninguno está despierto. Si no hacemos ruido, podríamos pasar sin ser vistos.

Ocultándonos detrás de rocas, vamos hacia la parte por donde cae el río de lava para acercarnos más a la superficie. El calor se hace insoportable rápidamente, por lo que Glacier está constantemente usando un hechizo de hielo para que no nos desmayemos del calor. Extrañamente, el zorro no se ve afectado por el fuego, así que continuamos sin tiempo que perder.

—¡Mierda! No veo ninguna salida y estamos llegando al final del camino —le digo a Glacier, mientras busco con la mirada.

—Mira allí arriba. Es un camino —me anuncia, deteniéndose para apuntar la salida.

—Creo que con mis látigos voraces podríamos cruzar el río —le susurro. Miro el techo y logro ver una roca saliente que podría servirme para atar los látigos.

—Pero eso nos expondría y podrían atacarnos los lagartos.

—Puedo usar las bestias de mi devoración sombría para llamar su atención en otra dirección.

—Podría funcionar. Venga, al fin y al cabo, no hay otra forma de cruzar —asume Glacier, con un suspiro de derrota.

Creo a mis bestias de sombras y las mando a correr en dirección contraria. Los lagartos empiezan a seguirlas, despertando a los que aún permanecían dormidos.

—¡Bien, ahora! En la noche abismal, tinieblas susurran, conjuro el poder oscuro. ¡Látigos voraces!

—¡Ten cuidado, no me gustaría darme un baño de lava!

Sujeto a Glacier con mis látigos y le hago cruzar el río con algo de dificultad. Cuando voy a repetir la acción con el zorro, este da un salto y su cuerpo desaparece formando chispas, para aparecer al otro lado. Siento como mis bestias son destruidas. Rápidamente, llevo mis látigos a la roca saliente en el techo y con mis agujas los clavo para asegurarme de que aguanten el peso. Cojo carrerilla y, corriendo, doy un salto para cruzar. «Por favor, funciona».

Consigo columpiarme hasta el otro lado. Deshago mis látigos y rápidamente me escondo detrás de una roca junto a Glacier. Al apoyarme en la roca, esta se cae y empieza a rodar hacia abajo aplastando unos huevos de lagarto, deteniéndose sobre ellos. Tras el ruido de las cáscaras rompiéndose, todos los lagartos miran en nuestra dirección y vienen hacia nosotros.

—¡Corre! —grito. Soy el primero en echar a correr hacia la salida.

—¡No me digas, genio! ¿Tenías que apoyarte en la roca? —me grita mientras corre detrás de mí.

Rápidamente, vamos hasta la salida y con mis látigos me impulso hacia arriba para llegar a ella. El zorro vuelve a esfumarse y aparece delante de mí. Mientras, Glacier invoca a Luna y se monta en ella para escalar hasta arriba. Corremos por el túnel con los lagartos siguiéndonos.

—¡Son muy persistentes! —admito, mirando de reojo hacia atrás. Logro ver como los lagartos se apelotonan unos encima de otros para alcanzarnos.

—¡Pues claro, te acabas de cargar sus huevos y nos llevan ventaja en número! ¡No van a parar hasta matarnos!

Seguimos corriendo hasta que el túnel se termina, dejando ver una pequeña caverna con un gran lago de lava en el lado derecho. En medio de este hay una gran roca afilada, y en el lado izquierdo, un amplio espacio vacío. Nos giramos y lanzamos hechizos contra el techo del túnel, tapando la entrada.

—¡Por fin estamos a salvo, aunque no veo ninguna salida! —comenta, y se apoya en sus rodillas para recuperar el aliento.

—Mira en el techo, se ve un poco de luz. —Apunto al otro lado de la cueva jadeando.

En la esquina, entre el techo y la pared, se puede ver cómo un pequeño haz de luz lo atraviesa.

—Tenemos que estar cerca de la superficie.

—Espera, ¿qué es eso? En el lago de lava. ¡La roca se ha movido!

La gran roca se hunde parcialmente en el lago, provocando salpicaduras de lava, y otra asoma por el lado contrario.

—¡Eso no es una estalagmita! ¡Es un cuerno! Y por el tamaño, y estando en un lago de lava, eso es… ¡Es un dragón rojo! —exclamo alterado, con los ojos abiertos del terror.

—¿Estás de broma? No se han visto dragones desde hace cientos de años. —Glacier se muestra incrédulo, sin querer creer que sea cierto.

—Lo único que sé de ellos es lo que he leído, pero ¿qué otra criatura con cuernos podría ser tan grande y estar en un lago de lava? ¡Puede que me esté equivocando, pero no quiero saberlo!

—Y ¿cómo vamos a salir sin despertarlo? Si lo hace, el reino estará en peligro. Aunque, bueno, como si eso te importara… —suelta con tono de molestia.

—¿Por qué supones que no quiero proteger el reino? Tengo gente que me importa en él. —Recuerdo a todos en el orfanato, Tobías, Rena y… Alice.

—¡Ya, claro, por eso te has unido a los ogros, que quieren conquistarnos! —Me apunta y presiona con un dedo mi pecho.

—¡Eso no es cierto! Es el rey humano el que quiere acabar con los ogros. Si atacamos será para acabar con los altos cargos que están obsesionados con el poder. No atacamos a los civiles, ellos no tienen la culpa.

—Es cierto que he notado algunos actos de los altos cargos que no están bien vistos, pero si los matáis, el reino será un caos sin control.

—No pensamos abandonar a la gente, les ayudaremos a recuperarse.

—Diciéndolo así, no suena tan mal. Y con lo que sé y lo que me has contado, no puedo negar que la culpa fue nuestra. ¡Está bien, te ayudaré! Pero no me malinterpretes, lo hago para que el reino deje de estar corrupto. Como vea que algún civil muere, se termina la alianza. Date la vuelta y eliminaré tu maldición.

—Sabía que podías hacerlo, mientes muy mal —confieso, mientras me giro.

—¡Calla! Necesitaba que tuvieras una razón para no dejarme morir —admite, molesto.

Para que Glacier elimine la maldición, nos ponemos de espaldas al lago para que se pueda ver el sello. De pronto, el zorro se pone delante de mí chillando alterado.

—¿Qué ocurre? —pregunto.

La oscuridad se cierne ante nosotros, una sombra nos cubre y, al darnos la vuelta, una gigantesca cabeza de dragón surge del lago. Mientras retrocedemos sale por completo y con un fuerte rugido nos mira amenazante.

—¿Por qué tenía que llevar razón? ¿Cómo vamos a sobrevivir a eso? —digo, y echo a correr hacia el lado contrario de la cueva.

—¡No lo sé, pero la maldición está rota, así que haz algo! —exclama Glacier, adelantándome montado en Luna.

El dragón tiene un cuerpo alargado cubierto de escamas gruesas del color de la roca fundida. Grandes y retorcidos cuernos coronan su cabeza. Algunas de sus escamas forman crestas afiladas que se extienden hacia atrás desde su cabeza, volviéndose más grandes a lo largo de su lomo y sus poderosas alas. Estas características le dan una apariencia amenazante.

—¿Qué coño quieres que haga contra eso? —pregunto asustado. Mi cara se pone blanca.

—¡Piensa en algo rápido o acabaremos chamuscados!

El dragón abre la boca y lanza una llamarada de fuego hacia nosotros. Me giro e invoco dos golem de roca delante de nosotros y creo mi armadura pétrea, mientras que Glacier crea un gran muro de hielo, que se derrite con facilidad, pero logra ganar el tiempo suficiente para poder terminar de crear a los golem y posicionarlos para no dejar aperturas.

—Vale, ¿y ahora qué hacemos? —No sé qué hacer.

—Si pudiera acercarme, quizás podría hacerle algo. Podrías distraerlo —me sugiere, al tiempo que se cubre detrás de uno de los golem.

—Entendido. Por fin puedo probar este hechizo contra un verdadero enemigo. Surgiendo en la oscuridad, tierra ancestral, protégeme. ¡Guardianes sombríos de piedra!

Dos gigantes caballeros, cuyos cuerpos emiten un aura de sombras y hechos de piedra, emergen del suelo armados con mandobles de roca cubiertos de pura oscuridad.

—¿Desde cuándo puedes hacer eso? —me pregunta sin creer lo que está viendo.

—Es una mejora de un hechizo que aprendí hace unos años, combinando mis dos magias pude crear una propia. Te presento la magia de tierra sombría —le explico con una sonrisa en la cara.

El dragón escupe una gran llamarada. Por suerte, nos cubrimos detrás de los caballeros de piedra, que no se ven afectados por el fuego, y conseguimos sobrevivir. Les ordeno a los dos caballeros atacar. Incluso siendo tan grandes, estos no se comparan al tamaño del dragón, el cual los ataca con una de sus garras.

Uno de ellos logra detener el ataque con algo de dificultad y el otro ataca directo a una de las patas del dragón, haciendo un profundo corte que la atraviesa por la mitad. Cuando el dragón aparta la garra puedo ver las marcas del corte en el pecho del caballero que lo ha detenido.

—¿Cuánto te queda? No creo que resistan mucho.

—¡Necesito más tiempo! ¿No puedes hacer algo más? —me pregunta. Parece estar concentrando una gran cantidad de maná para así lanzar un poderoso hechizo.

—¡Ese es mi único hechizo a gran escala, no creo que los otros le hagan daño! ¡Pero haré todo lo que pueda!

Mientras el dragón destruye al caballero herido, el otro se acerca y le clava la espada en el pecho. El dragón alza su otra garra y ataca al caballero, se cubre, pero acaba destruyendo su brazo. Desenfundo mi espada y utilizo consecutivamente el cuarto despertar, ejecutando cortes a distancia que se desplazan hasta el dragón, haciendo múltiples tajos poco profundos en su cuello. Sigo así hasta que el caballero restante es destruido y el dragón centra su atención en nosotros.

—¡Por favor, dime que ya lo tienes! —grito, mirándolo con preocupación.

—¡Necesito unos minutos más!

—¡Joder! Espero que valga la pena.

Empiezo a correr en dirección al dragón mientras creo a mis dos bestias, mandándolas en otra dirección, pero estas son aplastadas. El dragón centra su atención en mí y con su pata intenta aplastarme. A duras penas lo esquivo y con el tercer despertar consigo rebanarle la pata herida. El dragón contraataca intentando devorarme con su enorme mandíbula, y cuando pienso que no tengo escapatoria, una intensa luz morada proveniente de mi espalda ilumina toda la cueva, cegando durante unos segundos al dragón. Aprovecho la distracción para retroceder y veo al zorro listo para atacar justo detrás de mí.

—¿Así que has sido tú? Gracias, pequeñajo. ¡Pero ahora corre!

El zorro y yo corremos en dirección a Glacier mientras somos perseguidos por el dragón. De pronto, siento un escalofrío y Glacier ya no está donde lo vi por última vez. Una fría brisa hace que me dé la vuelta, y me quedo boquiabierto al ver tanto el lago de lava como al dragón totalmente congelados y a Glacier con una de sus rodillas hincada en el suelo, con la cabeza agachada y exhausto.

—¿Qué ha pasado? ¿Cómo lo has hecho? —me sorprendo, y miro al dragón congelado de pies a cabeza.

—Ese ha sido mi hechizo más poderoso, tiempo gélido. —La respiración entrecortada de Glacier me da a entender la gran cantidad de maná que ha tenido que gastar para lograr congelar al dragón—. Me permite congelar el espacio-tiempo en un área determinada. Por desgracia, se tarda mucho en canalizar el maná necesario para lanzar el hechizo, así que no siempre es útil. En fin, mientras el tiempo estaba congelado, he aprovechado para convertir al dragón en un bloque de hielo. Ahora podemos irnos, si aparece otro enemigo seré inútil, ya no me queda maná ni para usar el hechizo más simple.

Empezamos a caminar hacia la luz al otro lado de la cueva, hasta que escuchamos crujir el hielo al romperse. Trozos de escarcha salen volando por todas partes y el dragón nos lanza una llamarada de fuego. A duras penas consigo levantar un golem de roca para cubrirnos.

—¿Cómo puede seguir vivo? ¡Debería estar completamente congelado! ¡Se acabó, estamos muertos! —se rinde Glacier con los ojos abiertos por la sorpresa, mientras da un paso hacia atrás mirando al dragón.

—¡No, no puedo morir todavía, tengo que volver con Alice y Grom! ¡Voy a matarte, dragón de mierda! —grito enfurecido, y desenfundo mi espada.

Mi ojo izquierdo brilla de un rojo más intenso que como lo había hecho. En el momento en que el dragón deja de lanzar fuego, corro hacia él a una velocidad sorprendente hasta para mí. Siento mi cuerpo más ligero, me siento más fuerte. El dragón intenta aplastarme, pero doy un gran salto y me subo a su garra. Rápidamente, llego a su lomo y con el tercer despertar le hago un corte en forma de cruz, destruyendo sus escamas como si nada. Creo una aguja de la noche, unas diez veces más grande de lo normal, que gira a una velocidad increíble. Hago que la aguja le impacte atravesando gran parte de su cuerpo y haciéndole rugir de agonía.

El dragón me golpea con una de sus alas, haciéndome perder el control, y me precipito al vacío. Mientras caigo puedo ver su enorme mandíbula acercándose a mí con intención de engullirme. «Así que este es mi final», pienso mientras veo su mandíbula a escasos centímetros de mí.

Cierro los ojos asustado y de pronto siento que dejo de caer, pero por algún extraño motivo no hay golpes ni dolor, sino una sensación de flotar en el aire. Abro los ojos, aturdido. No veo al dragón, tampoco puedo ver a Glacier ni la luz del pequeño zorro. No reconozco el lugar. Lo único que puedo ver es una habitación oscura y a una persona delante de mí, de pie, vestido con una haraposa capa negra y una capucha que solo deja ver sus ojos rojos. Delante de ese misterioso personaje, una extraña ventana en la que creo ver la cueva y el lago de lava. No entiendo nada. Soy yo, no puedo creerlo. Esta persona está viendo ¿mi pelea? ¿Cómo es posible algo así?

—Lo has estado haciendo bien, pero ¿tenías que meterte en este problema solo para salvar a tu amiga? Sin duda, sois un experimento fallido, pero no puedo permitir que mueras todavía. Eres necesario para mi regreso, así que te daré un regalo para que puedas matar a ese lagarto —dice una espeluznante voz proveniente de la figura frente a mí.

De pronto vuelvo a estar cayendo con el dragón a punto de comerme, pero mi cuerpo está paralizado, quiero moverme y me es imposible.

—¡Umbral sombrío! —digo de forma involuntaria, como poseído.

Sigo sin entender lo que ocurre. Estoy en el lomo del dragón otra vez, tras una de sus alas, donde no hay luz. Creo que estoy soñando o quizá estoy muerto. Comienzo a moverme de forma involuntaria, me siento como una marioneta movida por hilos invisibles. De mi boca salen palabras que no pienso, me siento manipulado.

—¡Maldito lagarto! ¡Prepárate para morir! ¡Alas crepusculares! ¡Abismo de desesperación!

Unas alas hechas de oscuridad surgen de mi espalda y empiezo a volar alrededor del dragón. En mis manos aparece un vórtice y de él salen unas criaturas semblantes a gusanos gigantes. Se lanzan hacia el dragón, mordiéndolo, haciéndolo gritar de desesperación. Los puntos en los que los gusanos han mordido comienzan a oscurecerse. El dragón intenta morderme y con la ayuda de la armadura pétrea consigo detener su mandíbula para que no pueda cerrarla.

—¡Nada mal, pero tendrás que esforzarte más si quieres vencerme! —De mi boca continúan saliendo palabras que no reconozco como mías. Sigo confuso, comienzo a tener miedo, pero al mismo tiempo me siento poderoso.

El dragón me estampa contra el techo, atravesándolo, y este alza el vuelo destruyendo todo a su paso. En un abrir y cerrar de ojos estoy en el exterior volando por los aires. Vuelve a lanzar fuego por la boca, y antes de que me alcance hago uso del umbral sombrío para transportarme a la sombra de un árbol. Vuelvo a volar acercándome al dragón.

—¡Este es tu fin! —grito.

Las manchas negras se extienden por casi todo su cuerpo y con el cuarto despertar lanzo un corte, el cual atraviesa la carne putrefacta de su lomo como si fuera mantequilla, partiendo por la mitad al dragón.

—¡Justo a tiempo! ¡Estoy perdiendo el control! ¡Espero que ahora no mueras, mocoso!

Pierdo la consciencia poco a poco mientras caigo al vacío. Siento una concentración de maná en mi mano y, tras un brillo azul, escucho el chillido de Gáleo, que me atrapa en el aire antes de desmayarme.

11

Reencuentros inesperados

Punto de vista de Alice
(horas después del derrumbe)

Abro los ojos y puedo ver el amanecer. Siento mi cuerpo dolorido y al recordar lo ocurrido me incorporo y miro a mi alrededor en busca de Aiden. Pero no lo veo. De hecho, no veo a nadie.

Intento ponerme de pie, pero el dolor en mis piernas me hace caer y antes de tocar el suelo alguien me sujeta.

—¡Por fin despiertas! Me estaba preocupando, llevas horas durmiendo —me dice Grom, que me ayuda a levantarme.

—¡Grom! ¿Dónde estabas? ¿Y Aiden? ¿Él está bien? —lo interrogo alterada y con preocupación.

—Hay un río cerca de aquí, así que he ido a beber y a lavarme un poco. Y Aiden está a varios metros bajo tierra —me explica con tono tranquilo, restándole importancia.

—¡¿Cómo que está bajo tierra?! ¿Acaso está muerto?

—¡Tranquila, sigue vivo! Al parecer ha caído en una cueva y ahora está buscando una salida.

—¿Cómo lo sabes?

—Me lo ha dicho él. —Grom señala a una persona de la cual no he notado su presencia. Lleva una capa larga con capucha de color negro que cubre todo su cuerpo y una máscara blanca con aspecto de zorro y dos rayos en las mejillas.

Al momento me pongo en guardia.

—¿Quién eres tú y qué intenciones tienes? —le digo mientras creo una bola de fuego en mi mano.

—¡Tranquila, está de nuestro lado! Él nos ayudó cuando Gáleo y yo fuimos lanzados hacia el bosque por Sylvari, y además me dijo cómo podía vencerlo. Por lo que me ha contado, ya luchó codo con codo junto a Aiden mientras huía del territorio humano —me cuenta, poniendo una mano delante de mí para impedir que pueda atacar.

—¡Yo no me fiaría demasiado, puede que esté engañándonos para llegar hasta Aiden! Además, ¿cómo sabe que está bien? —le pregunto a Grom con cara de incredulidad.

—Mandé a mi invocación dentro del agujero antes de que las rocas tapasen el agujero que hizo Sylvari. Gracias a eso tengo información de lo que está pasando. Aiden y Glacier han hecho una alianza temporal y están buscando una salida. Además, tengo mis razones para ayudar a Aiden —relata el encapuchado con un tono inexpresivo, mientras se acerca a nosotros.

—Bueno, su información ahora mismo es muy importante para encontrar a Aiden, así que, te guste o no, tendremos que ir juntos. Por cierto, será mejor movernos y rápido, hay varios magos buscándonos —añade Grom, y pone una mano en mi hombro.

—La verdad es que no habéis sido muy silenciosos para matar a Sylvari. Seguidme, iremos directos hacia Aiden y Glacier

—escucho decir al encapuchado, que pasa a nuestro lado para adentrarse en el bosque que tenemos detrás.

Aunque no me gusta la idea, la decisión de Grom es lógica en parte. Toca seguirle para evitar a los caballeros y magos que nos buscan.

Tras un buen rato caminando, se detiene súbitamente.

—¡Qué extraño, mi invocación ha dejado de mandarme información!

—¿Qué significa eso? ¿Están en peligro? —pregunto con preocupación por lo que podría estar pasando.

—No estoy seguro. Lo último que he recibido es que estaban cerca de la superficie. Además, sigo sintiendo su presencia, por lo que siguen vivos. Lo único que se me ocurre es que esté pasando algo que sea más importante que mantenerme informado. Pero quién sabe qué puede ser.

—Bueno, si estamos cerca solo hay que esperar a tener más información —concluye Grom, al tiempo que se apoya en un árbol.

—Pero si está en peligro, tenemos que seguir buscándolo —les digo, intentando convencerlos para seguir buscando.

—¡Ja, ja, ja! ¡Tranquila, estará bien! Da igual a qué se enfrente, encontrará la forma de salir con vida. Solo confía en él —me tranquiliza Grom sonriendo, haciendo que con su movimiento el árbol se agite dejando caer varias hojas.

—Tiene razón. No podemos hacer nada sin saber su ubicación precisa. Además, ¿qué más te da lo que le pase si lo único que te importa eres tú misma? —suelta el encapuchado con un tono de molestia, cosa rara porque hasta ahora no ha demostrado ningún sentimiento.

—¿Qué has dicho? ¡Ni siquiera me conoces, así que no hables! ¡Como si a ti te importara lo que le pase a alguno de nosotros! —le respondo, la ira se apodera de mí.

—Te conozco mejor de lo que crees. Eres una noble del pueblo de Zion y una prodigio en la academia mágica. Además, acusaste a Aiden de maldecirte. Y por lo que tengo entendido, cuando eras pequeña te metías con él solo por diversión —me dice, alejándose de mí.

—¡Cállate, imbécil! ¡Yo ya no soy así!

Creo una bola de fuego en mi mano y se la lanzo al encapuchado. Él levanta una barrera de electricidad para bloquear mi ataque y contraataca lanzando múltiples flechas eléctricas. Antes de poder esquivarlas, una gran espada se interpone bloqueando el ataque.

—¡Vosotros dos, parad ahora mismo! —Me sorprendo al escuchar a Grom gritar enfadado por primera vez.

—¡Él ha empezado con esto! —le digo, intentando quitarme la culpa.

—¡Solo he dicho la verdad! —responde el encapuchado, que desvía la mirada con los brazos cruzados.

—¡Eso ahora da igual, solo dejad de pelear! —grita Grom, molesto, clavando su espada en el suelo entre nosotros.

El suelo empieza a temblar y un gran estruendo se escucha cerca de aquí. Al mirar el lugar del que proviene, vemos un dragón rojo con manchas negras emerger del suelo directo al cielo, y volando junto a él, una persona con alas negras.

—¿Qué demonios hace un dragón aquí? ¡Pensaba que los magos los habían ahuyentado hace años! —exclamo, asombrada al contemplar a tan mítica criatura.

—¡Tal vez estaba escondido y lo han despertado! —añade el encapuchado, también sorprendido al verlo.

—Puede sonar raro, pero ¿ese no es Aiden? —pregunta Grom señalando a la pequeña figura que vuela cerca del dragón.

Durante el vuelo, la espada que porta la figura de alas negras que vuela junto al dragón empieza a emitir una intensa luz morada y, en un instante, con un solo movimiento, corta por la mitad al dragón.

—¡Imposible, ese era el cuarto despertar! ¿Pero por qué era morado? Se supone que tendría que ser azul. ¡Además, ni siquiera mi espada sería capaz de cortar a un dragón de ese tamaño!

—Esas manchas tendrán algo que ver, he leído múltiples bestiarios y ningún dragón tiene manchas —reflexiona el encapuchado con tono serio.

—¡Un momento! ¡Esa persona lleva la misma ropa que Aiden! ¿Pero desde cuándo Aiden puede volar? —Apunto con la palma de mi mano, preparada para atacar.

—Que yo sepa, no puede. Aparte, conozco las habilidades de Aiden y no podría acabar con un dragón él solo. Se especializa en peleas contra uno o varios enemigos de tamaño normal, pero no tiene habilidades para luchar contra algo tan grande —me explica Grom, intentando descubrir qué puede estar pasando.

—¡Mi invocación me acaba de enviar información! —anuncia el encapuchado, mirándonos—. Está con Glacier y ese de ahí es Aiden, que al parecer ha usado un hechizo que crea unos gusanos gigantes que han mordido al dragón, por eso las manchas.

Las alas de Aiden se desvanecen y comienza a caer en picado. Con un fuerte brillo azul, Gáleo aparece y atrapa a Aiden en el aire, y lo baja al interior del agujero por el que salieron. Empezamos a correr en su dirección hasta llegar al gran agujero, desde el que se deja ver una gran cueva con un lago de lava en el fondo. Aiden yace desmayado sobre el lomo de Gáleo y a su lado aparece un pequeño zorro morado escalando una pila de escombros junto a Glacier. En un rápido movimiento, Grom me levanta y da un salto para bajar. Cuando me deja en el suelo, voy corriendo para llegar hasta Aiden y me interpongo entre él y Glacier.

—¡No te acerques más o te calcino! —lo amenazo con odio, mientras lo apunto con la palma de mi mano.

—¡Hey! ¡No voy a hacer nada! —me dice, levantando las manos a modo de rendición.

—¡Ya, claro! ¿Y se supone que debo creerte? ¡Llevas detrás de Aiden desde el principio!

—Genia, ni siquiera tengo maná para lanzar un hechizo débil. Incluso si no estuvierais, ese grifo podría matarme sin problemas si intento algo malo contra Aiden.

—¡Venga! ¡Aiden, despierta de una vez! —Grom grita a Aiden al oído.

Punto de vista de Aiden

Escucho a Grom gritarme en la oreja y me despierto rápidamente.

—¡Grom, te dije que no me gritaras en el oído! Espera, Grom, ¿qué haces aquí? —pregunto sorprendido por verlo.

—¡Ja, ja, ja! ¡Sabía que así despertarías! —dice riendo y dándome palmadas en la espalda.

—Cualquiera se despertaría con esos gritos que das. Un día de estos me dejarás sordo.

De un salto me bajo del lomo de Gáleo y alguien se abalanza sobre mí. Para mi sorpresa, resulta ser el encapuchado que me ayudó hace tiempo a liberar la aldea de Elden del ataque de los goblins. En mi confusión puedo sentir su abrazo.

—¡Me alegro de que estés bien! ¿Por qué siempre te pones en peligro? —me dice el encapuchado sin dejar de abrazarme y con una voz femenina muy distinta a como lo recordaba.

«Esa voz…».

—¡Oye! ¿Por qué te ha cambiado la voz de pronto? ¿Te duele la garganta? —dice Grom al darse cuenta de cómo su voz ha pasado a ser femenina.

—¡Hey, aléjate de Aiden! —brama Alice intentando separarlo de mí.

—¡Mierda! ¿Pero qué haces aquí, *lady* Zoe? —interviene Glacier, sorprendido, mirándonos.

Tras sus palabras, el silencio se apodera de la cueva, hasta que el encapuchado se quita la máscara dejando ver un rostro conocido que no esperaba.

—¿En serio eres tú, Zoe? —digo, y varias lágrimas empiezan a caer por mi rostro. Correspondo a su abrazo fuertemente sin querer soltarla por si se vuelve a ir—. ¡No puedo creerlo! No sabes cuánto te he echado de menos desde que te fuiste del orfanato. ¿Por qué nunca me mandaste una carta? ¿Y por qué no me dijiste que eras tú cuando nos encontramos la última vez?

—Quería hacerlo, pero estuve muy ocupada. Entre entrenamientos y estudios, no tuve oportunidad para escribirte. Y no te dije que era yo porque ahora soy una noble, si me veían ayudándote mi familia habría tenido problemas, por ese motivo tuve que ocultar mi identidad. Además, si te lo hubiese dicho habrías insistido en que me fuese contigo, y no podía hacer eso.

—No quiero arruinar el momento, pero os recuerdo que nos están buscando y el dragón seguro que les ha llamado la atención —advierte Grom, mientras mira la superficie de la cueva.

—Podéis estar tranquilos, lo tengo solucionado. ¡Volt, avisa a Rena! —Después de que Zoe diga eso, el pequeño zorro desaparece en una nube de chispas.

—¿Rena? ¿Por qué me suena ese nombre? —digo sin darme cuenta de que estoy hablando en voz alta.

—Aiden, las sorpresas aún no han terminado. Después de que escapases del reino humano, estuve investigando todo tu recorrido —confiesa con una sonrisa que conozco bien.

—¡Chicos, ya están aquí los caballeros! ¿Y si en vez de hablar corremos? —sugiere Grom tras ver a un caballero asomando entre los árboles.

Varios caballeros se asoman al agujero de la cueva y disparan flechas hacia nosotros. Entre Grom y yo logramos bloquearlas con facilidad. Acto seguido, una combinación de bolas de fuego, flechas eléctricas y espinas son lanzadas en nuestra dirección. Zoe crea una cúpula de electricidad para bloquearlos y Alice lanza pequeñas bombas de fuego contra los magos que explotan al impactar.

—¡Zoe! ¿Cuánto falta? ¡A Glacier y a mí ya no nos queda maná y somos los que tenemos los mejores hechizos defensivos! —exclamo preocupado.

—¡No debería tardar mucho más! ¡Aguantad un poco!

—¡Dejadme a mí, puedo ganar el tiempo que queráis! —proclama Grom, cargando su espada en su hombro y disfrutando del momento.

Los magos enemigos vuelven a atacar, esta vez con carámbanos de hielo, estacas de piedra y enredaderas espinosas. Grom salta hacia ellos parando el ataque. A continuación, lanza un corte y hace caer los árboles cercanos sobre los magos y caballeros.

—¿Cómo has eliminado su magia? —pregunta Alice, sorprendida por lo que acaba de ver.

—¡Ja, ja, ja! El sexto despertar roba el maná de todo lo que toque el filo de la espada y me lo da a mí. Es muy útil tanto en ataque como en defensa.

—¡Grom, vuelve, nos vamos de aquí! —grita Zoe.

—¡Entendido!

Grom llega hasta nosotros y al instante un círculo mágico se forma debajo de nuestros pies con un brillo cegador, y al abrir los ojos me doy cuenta de que estamos en otro lugar. Los cinco nos miramos perplejos, Gáleo parece aturdido. Miramos a nuestro alrededor, estamos en una habitación con paredes y techo de madera, iluminada por antorchas. En el suelo está dibujado el mismo círculo mágico. En el frente, una gran mesa redonda con muchas sillas y lo que parece ser un mapa en el centro junto al pequeño Volt, el zorro morado.

Frente a la mesa, de pie, una niña de no más de trece años, de pelo largo castaño, con flequillo alborotado y ojos del mismo color. Lleva una camisa blanca y una pequeña armadura de cuero negra; en su cintura, una funda oculta un cuchillo. En cuanto me ve, se me acerca corriendo con una gran sonrisa en la cara, y el recuerdo de una pequeña niña de diez años a la que le regalé el cuchillo que me dio Tobías al principio de mi travesía invade mi mente.

—¡Señor Aiden! ¡Me alegro de que esté bien! Es un placer verlo de nuevo después de tanto tiempo —me saluda la niña, deteniéndose delante de mí y dejando ver una mirada de admiración.

—¡Por eso me sonaba tu nombre! Pero, por favor, no me trates de usted, me hace sentir mayor. ¿Cómo habéis estado tú y las demás niñas? —le pregunto mientras le revuelvo el cabello de manera amistosa.

—Después de que te marchases, los caballeros nos llevaron a una aldea. Los aldeanos nos cuidaron y la última vez que las vi estaban bien.

—Me alegro de que así sea. Pero ¿qué haces aquí?

—Deja que yo responda a eso —me pide Zoe, posicionándose al lado de Rena, que la saluda con una reverencia—. Tras vernos en aquella aldea, empecé a investigar el recorrido que hiciste para asegurarme de que no tuvieras problemas, así que cuando me enteré de que un grupo de mujeres fue salvado por ti de unos goblins, fui a la aldea donde se encontraban para saber más. Allí la conocí, contestó a todas mis preguntas gustosamente, al igual que el resto de niñas, pero de todas, Rena fue la más interesada en ti. Cuando terminé de hablar con todas y antes de poder partir de allí, vino a preguntarme por qué estaba tan interesada y si mi intención era hacerte algún daño. Le conté que te conocía y que éramos amigos; como usaba mi disfraz, no tenía inconveniente en que supiera eso. Antes de irme me pidió que la llevara conmigo, quería volver a verte y la mejor forma de hacerlo era siguiéndome. Desde entonces ha trabajado como mi sirvienta personal y mi protegida. Además, ha insistido en que la entrene desde el primer día, al parecer te admira tanto que quiere impresionarte.

—¡Por cierto! Te devuelvo el cuchillo que me diste. Como me hiciste prometer, ya soy lo suficientemente fuerte como para no necesitarlo. —Y saca el cuchillo de la funda en su cintura.

Recibo el cuchillo con nostalgia, está en muy buen estado, pero se nota el desgaste en su filo. Sin duda, se ha esforzado para hacerse fuerte y cumplir el trato que hicimos. Lo guardo en mi bolsa y luego le pongo la mano en la cabeza para acariciarla otra vez.

—Gracias por cuidarlo tan bien. Dime, ¿qué tan fuerte te has hecho?

—Estoy al nivel de un aprendiz de caballero. Me especializo en el uso de dagas, aunque quiero aprender también a usar la espada —responde Rena orgullosa, golpeándose el pecho con el puño y sonriendo.

—¡Espera! ¿Esta niña está al nivel de un aprendiz de caballero? —pregunta Alice sorprendida.

—¿Eso es tan raro? —replica Grom, extrañado.

—Sí, esta niña no puede tener más de trece años, los aprendices de caballero suelen tener entre dieciséis y diecisiete años. Si eso es cierto, es una prodigio de las que aparecen una vez cada mil años. Y lo mejor es que aún no tiene la edad para usar magia, por lo que aún será más fuerte en el futuro —explica Glacier mirando a Rena con ojos abiertos como platos.

—Sí, lo sé, Rena es alguien increíble, pero no hay tiempo para esto. Después de todo lo ocurrido, el ataque al reino de los ogros será adelantado, así que si queréis atacar hay que hacerlo lo antes posible.

—Pero ¿cómo? Tardaremos días en llegar allí y formar un ejército, prepararnos e ir a la capital. En ese tiempo se darán cuenta y contraatacarán —razona Grom, con curiosidad por saber qué tiene pensado Zoe.

—Quieres usar teletransportación, ¿verdad? ¿Dónde está el mago ahora mismo? —le pregunto a Zoe, sabiendo que esa es la única forma de hacerlo a tiempo y que ella es capaz de conseguirlo.

—¡Qué bien me conoces! —Sonríe orgullosa—. Ahora mismo uno de mis subordinados está cerca de la capital creando un círculo de teletransportación con su magia. Tengo algo de su maná en un sello, así que puedo activar los círculos sin que esté él. Actualmente, hay uno de esos círculos en la frontera con las Tierras Olvidadas, por lo que solo tenemos que llegar a la aldea, preparar a todos y en un momento estaremos frente a la capital.

—¡Entonces no hay tiempo que perder! —dice Glacier, listo para lo que vaya a pasar.

—Antes tenemos que coger armas y armaduras, ¿o tenéis suficientes? —le pregunta Zoe a Grom.

—La verdad es que sería de gran ayuda, no disponemos de mucho material para la fabricación de armas y no son de mucha calidad, con excepción de la mía, claro está.

—Rena, ¿puedes llamar a Tobías?

—¡Claro, señorita Zoe! —asiente la niña, que sale de la habitación apresuradamente.

—¡Espera! ¿También está Tobías? —le pregunto a Zoe sorprendido.

—Ya te lo he dicho, he investigado todo lo que hiciste para huir, y él es de los pocos que están de tu lado. Además, era la única forma de conseguir tantas armas sin que mi padre sospechara.

Unos minutos después, Rena vuelve con Tobías. Este no ha cambiado nada desde la última vez que lo vi, a lo máximo algunas canas más. Sobre su hombro carga una gran caja llena de sacos mágicos.

—¡Sí que has crecido, mocoso! Me alegra ver que estás de una pieza —me dice Tobías al verme.

—Bueno, algunas cicatrices de más por aquí y por allá. Y gracias otra vez por ayudarme en aquella ocasión, no podría haber salido vivo sin la ayuda de todos vosotros —le contesto sonriendo.

—¡Ja, ja, ja! No tienes nada que agradecer, gracias a eso he ganado mucho dinero comprando y vendiendo cosas a Zoe.

—¡Ya te recuerdo! Eres aquel vendedor que me dijo que Aiden se fue hacia el río. ¡Así que estabais compinchados! —grita Glacier, un poco molesto por haber perdido el tiempo aquel día.

—¿Y qué ha pasado entre vosotros? ¿El gato se ha aliado con el ratón o qué? —pregunta confuso al ver a Glacier.

—Solo lo ayudo porque me sirve para terminar con la corrupción en el reino.

—¡Ya está todo listo, preparaos! —nos avisa Zoe, haciendo gestos con las manos para que la sigamos.

Esta pone un papel en el suelo que empieza a brillar y rápidamente se extiende una luz iluminando un círculo en el suelo. En un instante, nos teletransportamos a otro lugar. Nos recomponemos del rápido viaje y todos miramos a nuestro alrededor. Estamos al otro lado de la frontera, junto a una carreta.

—¡Hey, estas son las Tierras Olvidadas! ¡Está todo desértico! ¿Por qué el cielo está rojo allí delante? —pregunta Alice mirando el cielo rojo, que ya tengo normalizado.

—Nunca lo había visto, pero es peor de lo que imaginaba, ni siquiera hay signos de vida. ¿Cómo habéis podido vivir aquí? —nos pregunta Glacier, atónito.

—No parece haber vida, pero está lleno de bestias dispuestas a matar a todo lo que se mueva. Es de estos monstruos de lo que nos alimentamos y usamos la poca tierra fértil para plantar. Por suerte, gracias a la llegada de Aiden, todo mejoró. Con su magia de tierra pudo acelerar la fertilización de la tierra y las plantaciones han aumentado considerablemente —explica Grom.

—Por cierto, Alice y Zoe, no intentéis luchar contra ninguna bestia. Son inmunes a la electricidad y resistentes al fuego. Grom y yo nos encargaremos de ellos, y Glacier puede protegernos —las prevengo, para que no se pongan en peligro.

—¡Está bien! Por ahora podríais llamar a vuestras invocaciones —nos dice Zoe a Glacier y a mí.

Siguiendo sus indicaciones, invoco a Gáleo, y Glacier a Luna. Ella hace lo mismo con Volt. Se acerca a él y, enviando una descarga eléctrica, hace que crezca hasta ser del tamaño de Luna. Zoe saca unas cuerdas de la carreta y ata a las tres bestias para tirar de ella.

—¡Listo, subid todos a la carreta! ¡Tobías, conduce tú, por favor! —le pide, asegurando las cuerdas.

—¡Por supuesto! ¡Aiden, señor Grom, os encargo mi protección! —nos dice Tobías, que sube a la parte delantera de la carreta.

—Yo iré volando, así podré vigilar desde el cielo —digo, y creo mis alas crepusculares. Justo en ese momento, me doy cuenta de algo—. ¿Cómo coño se usan estas cosas?

—¿De qué hablas? Pero si ya has volado con ellas —me dice Alice con una ceja levantada.

—Digamos que se me ha olvidado mencionar un pequeño detalle de esa pelea.

—¡Oh, no! Conozco esa cara, es algo serio, ¿cierto? —Es imposible engañar a Zoe.

—Os lo cuento de camino. Creo que ya sé cómo va, es como tener otro par de brazos —comento, intentando mover las alas dando un fuerte aleteo para elevarme en el aire. Al intentar moverme, pierdo el control y casi me estrello contra el suelo. Por suerte, recupero la estabilidad.

En pocos minutos consigo acostumbrarme más o menos y empezamos el viaje. Les explico todo lo que pasó en la cueva, sorprendiendo a todos.

—¿Y no tienes idea de quién era esa persona? —me pregunta Zoe con semblante serio.

—Ni idea, pero se me hacía familiar y a la vez daba muy mala vibra —le contesto mientras vuelo a su lado. Intento seguirles el ritmo sin sobrepasarlos.

—La pregunta no es quién, sino cómo tomó el control de tu cuerpo —opina Glacier, sin fiarse ni un pelo.

—Mira, no tenemos tiempo para eso, simplemente evita entrar en ese estado —concluye Zoe.

—¡Aiden, hay un grupo de ankhegs ahí delante! —me grita Grom, que está asomado mirando hacia delante.

—¡Déjamelos a mí! ¡Quiero probar mis nuevas habilidades! —le respondo, y aumento la velocidad, deteniéndome metros antes de llegar.

—¡Empecemos con este! En la noche abismal, tinieblas susurran, conjuro el poder oscuro. ¡Abismo de desesperación!

Un vórtice se forma en mis manos y de él salen los gusanos gigantes, que se acercan a los ankhegs y les muerden. En cuestión de segundos, su piel se oscurece y algunos mueren. Uno de los no afectados me intenta cortar con sus cuchillas, así que uso el umbral sombrío para transportarme detrás de él y atravesar sus sienes con una aguja de la noche. Cojo impulso con mis alas y atravieso al grupo infectado, mientras los corto con mi espada con asombrosa facilidad. Termino de matar a los que quedan con vida combinando el segundo y cuarto despertar.

La carreta se detiene y Grom baja, observando la masacre en el suelo.

—¡Guau! Nada mal, los has vencido sin problemas, aunque hay algo que no me gusta. La carne de la mayoría está podrida y huele mal —protesta, y patea la cabeza de un ankheg, haciendo que un líquido asqueroso y maloliente que no es normal salga de esta.

—Al parecer, ese es el efecto del abismo de desesperación, pudre la carne del área afectada. Aunque gasta mucho maná, si lo usara muchas veces en un combate me dejaría seco.

—¡Cojamos la carne de los que están sanos y vámonos de aquí! —dice, cortando a uno de los sanos en varios trozos para facilitar el transporte.

—¡Espera un momento! Cuando decíais que coméis carne de monstruo, ¿os referíais a esas cosas? —nos pregunta Alice con cara de asco.

—¡Tranquila, está buena! Reaccioné igual cuando me enteré, pero te acabas acostumbrando. Y, si no, también tienes carne de gusanos del desierto o armadillo espinoso —le digo, intentando contener la risa por ver su reacción.

Grom y yo cogemos los restos de carne que podemos aprovechar para llevar a Krugnash y repartirla entre sus habitantes. Subimos a la carreta y seguimos adelante.

Tras horas de viaje y matar algunos ankhegs más por el camino, comienza a anochecer y por fin llegamos a la aldea. Vorgar y un grupo de caballeros ogro nos esperan en la entrada. Desciendo del cielo y me arrodillo ante Vorgar.

—¡Señor Vorgar, tenemos información importante!

—Antes de eso, ¿puedes explicarme por qué te siguen humanos? —me pregunta seriamente, observando la carreta.

Grom baja de la carreta con la carne en su hombro. Zoe lo sigue.

—Tranquilo, padre, son aliados. Por cierto, traemos carne de ankheg, que alguien la saque toda y la lleve a las bodegas —interviene Grom, que le da la carne a uno de los guardias.

—¡Señor, deje que me presente! Mi nombre es Zoe, la hermana mayor de Aiden. Le puedo asegurar que todos los humanos que nos siguen son de confianza —se presenta, hincando una rodilla en el suelo.

—Si eres la hermana de Aiden, confiaré en tu palabra. Aunque Aiden no me había dicho nada de que tuviera una hermana. Tener dos demonios de nuestro lado será útil —responde, más relajado.

—Ella no es mi hermana de sangre. Al igual que yo, es huérfana y en el orfanato estábamos tan unidos que prácticamente somos hermanos —le explico para aclarar la confusión.

—Sí, pero aunque no sea un demonio soy muy fuerte —puntualiza ella, poniéndose en pie.

Los demás llegan detrás de nosotros y algunos ogros guían a Tobías hasta un cobertizo para dejar la carreta. Vorgar nos dirige al interior de su casa, hasta una sala en la que hay otros ogros alrededor de una enorme mesa de piedra rodeada de candelabros. Nos sentamos junto a ellos y les explicamos todo lo ocurrido y el plan de Zoe.

—¡Está bien! Prepararemos a todos los guerreros para mañana. Os buscaremos un lugar para pasar la noche. Aiden, Grom, id a la taberna y avisad a todos. Yo iré a buscar al resto del ejército —ordena Vorgar, y él y el resto de ogros se levantan.

Grom y yo nos dirigimos a la taberna, mientras un ogro se lleva a los demás y les busca refugio en diferentes casas de la aldea. Al llegar a la taberna, todos se alegran al vernos, y aún más cuando los avisamos del inicio de la guerra. El cantinero invita a una ronda de cerveza para todos y celebrarlo. En ese momento aparecen Zoe, Alice, Tobías, Rena y Glacier, y tras presentarlos a todos, se unen a la fiesta y disfrutan bebiendo y comiendo.

Pasan las horas y cuando estoy por irme a mis aposentos me topo con Alice, que parece estar algo borracha.

—¡Oye! ¿Estás bien? —le pregunto preocupado, cogiéndola del brazo para que no se caiga.

—¡Shí, eshtoy genial! No te preocupesh, eshtoy preparada para manana. ¿Y tú? Te he vishto beber muicho, pero eshtás bien —balbucea apoyada en mí para mantener el equilibrio.

—Al parecer, los demonios somos inmunes a los venenos débiles, y el alcohol es uno de ellos. Será mejor que te lleve a tu habitación, si vas borracha por aquí te perderás.

—¡Ja, ja, ja, ja! Eshtá bien, te lo encargo a ti.

Acompaño a Alice a la casa donde pasará la noche. Al entrar la dejo apoyada en la puerta para encender un farol e iluminar la habitación. Al darme la vuelta, me sorprendo cuando me empuja contra la pared, inmovilizándome.

—¡Alice! ¿Qué estás haciendo? —pregunto sorprendido por su reacción.

—Ya lo dijo Glacier, soy muy buena actuando. No estoy borracha, tengo la capacidad de evaporar las toxinas antes de que afecten a mi cuerpo —confiesa con tono serio. Como la luz está a su espalda, no puedo verle la cara.

—Entonces, ¿has estado fingiendo todo este tiempo? Pensaba que habías cambiado —digo con una mezcla de decepción y molestia.

—Lo has entendido mal, solo he fingido estar borracha. Mañana iremos a una guerra y no sabemos si saldremos con vida, y no quiero que Zoe se me adelante. —Noto su voz temblorosa y cuando se mueve para impedir que me mueva, por fin la luz me deja verla.

Estoy tan cerca de Alice, no puedo evitar sonrojarme al ver su cara, la luz del farol solo la hace ver más bella y el reflejo hace que sus ojos parezcan llamas. Estoy tan distraído que tardo en reaccionar cuando repentinamente me besa. Abro los ojos sorprendido, pero no puedo evitar corresponder el beso. Cuando nos separamos estamos unos segundos en silencio mirándonos.

—Alice…

—Por favor, no hables. Sé que no sientes lo mismo, pero quería hacerlo por si no salgo con vida mañana. Solo espero que estés feliz con Zoe —me dice con su voz llena de tristeza.

—¿De qué hablas? Zoe es como mi hermana mayor. —le digo, aunque creía que era obvio.

—¿Lo dices en serio? —me pregunta, sorprendida y avergonzada—. ¡Joder, lo siento, pensaba que te gustaba Zoe y he actuado sin pensar!

—No tienes que preocuparte… Me ha gustado. —Aparto la vista levemente mientras me sonrojo.

—No tienes que mentirme para que no me sienta mal, soy una tonta por pensar que podría gustarte después de cómo te traté cuando éramos pequeños —me dice separándose de mí.

—Alice, ¿recuerdas que te dije que antes de que supieras que era huérfano éramos amigos?

—Sí, pero ¿eso qué tiene que ver?

—Esto solo lo sabe Zoe y es una de las razones por las que no le caes bien. En ese tiempo estaba enamorado de ti. Cuando empezaste a meterte conmigo no pude parar de llorar, para mí fue como si me hubieras rechazado, pero mucho peor. Cuando me ayudaste a escapar de Glacier me alegré mucho, y durante esos tres años he estado pensando que tal vez ahora sí podía gustarte. Grom lo sabe, aunque no se ha dado cuenta de que me refería a ti. Lo que quiero decir es... que me gustas.

—Lo... ¿lo dices en serio? —pregunta incrédula.

—Sí.

Fuera de la casa se escucha a un ogro gritar.

—¡Todos los que vayan a participar en la guerra mañana a dormir ya! ¡Y que alguien se lleve a los borrachos!

—Tengo que irme a mi habitación. Nos vemos mañana, Alice —me despido, pero cuando me acerco a la puerta, Alice me sujeta el brazo.

—Si quieres, puedes quedarte a dormir —me sugiere con una mirada decidida, pero un sonrojo cubre su cara.

—Está bien —le respondo nervioso, con una sonrisa de felicidad.

Al día siguiente nos levantamos pronto y vamos al lugar acordado para reunir al ejército. Al llegar vemos a muchos ogros con armas y armaduras nuevas, y a Tobías repartiéndolas entre quienes no tenían. Veo a Zoe, Glacier y Rena hablando, así que nos acercamos.

—¿Ya está todo preparado? —les pregunto.

—El círculo está dibujado y Tobías les está dando el armamento a todos. Es cuestión de minutos que todo esté listo y podamos partir. Rena, vuelve a tu habitación y espera a que volvamos —le ordena Zoe a la pequeña, que no parece estar contenta por eso.

—¡No, yo también puedo pelear, soy fuerte y lo sabes! —protesta con determinación.

—Rena, vamos a enfrentarnos a caballeros de alto rango y comandantes; por muy fuerte que seas, a tu edad no podrás hacerles frente. Además, todos ellos tendrán magia, mientras que tú no —le explico, intentando que entre en razón. Estoy preocupado por ella.

—¡Pero no puedo quedarme aquí esperando mientras arriesgáis vuestras vidas!

—Estaremos bien, puedes estar tranquila. Te prometo que volveremos con vida, y cuando todo esto termine puedes venir conmigo y te enseñaré a usar los despertares de espada.

—¿Lo dices en serio? ¡Está bien, te estaré esperando! —Al instante, se pone feliz.

Mientras hablo con Rena, entre el murmullo de cientos de ogros preparándose para el combate, Zoe y Alice están hablando sin que pueda escucharlas.

—Alice, sé que no nos llevamos bien, pero más te vale cuidar bien de Aiden. Y como me entere de que le vuelves a hacer daño, ya puedes correr, porque te seguiré hasta el infierno si hace falta —la amenaza con una mirada desafiante.

—¿Cómo lo sabes? —pregunta Alice sonrojada.

—Mi habitación está detrás de la tuya y no fuisteis muy silenciosos, la verdad. Las paredes de estas casas no son muy gruesas que digamos, y que la cama esté pegada a la misma pared que la mía no ayuda demasiado.

—Espera, ¿cuánto oíste? —Alice está roja de la vergüenza.

—Hasta que le dijiste que se quedara a dormir, después de eso preferí poner un sello de insonorización para no oír lo que vino después.

—Hey, ¿de qué estáis hablando? —les pregunto acercándome a ellas.

—No es nada, hermanito. Y felicidades por lo vuestro —me suelta con una gran sonrisa, poniéndome una mano en el hombro.

—¿Así que ya te lo ha dicho? Gracias, Zoe. Por cierto, al final he conseguido que Rena se quede en la aldea.

—Gracias. ¿Sabes? Esa chica te admira mucho, lo tuviste que hacer muy bien para influir tanto en ella.

Antes de poder responder, Vorgar, hacha en mano, lanza un grito ordenando la formación de su ejército. Zoe se prepara para activar el círculo de teletransportación y Grom llega por fin.

—Aiden, mi padre nos ha encargado acabar con el rey. En nuestro grupo estarán Glacier, Zoe y Alice. Los demás se encargarán de luchar contra los soldados y controlar a los comandantes.

—¡Entendido! Por cierto, tengo una noticia que darte: Alice y yo estamos juntos.

—¿Lo dices en serio? Enhorabuena, la verdad es que hacéis buena pareja —me felicita, dándome varias palmadas en la espalda.

—Gracias. Y para que lo sepas, la chica de la que Aiden te hablaba era yo. ¿En serio no te diste cuenta? —le pregunta Alice.

—La verdad es que al principio pensaba que era Zoe, pero es obvio que su relación es de hermanos.

—¡Ja, ja, ja! Sois completamente opuestos —digo riendo mientras los miro.

Un cuerno se escucha y el círculo en el suelo empieza a brillar, cegándonos momentáneamente. Al abrir los ojos veo una gran muralla frente a nosotros y, a lo lejos, el castillo que se encuentra en el centro de la capital.

—¡¡Ogros!! ¡Que el espíritu de la tierra nos acompañe! ¡¡Al ataqueee!!

12

Asedio a la capital

Los ogros empiezan a correr contra el muro. Uso mi hechizo caballeros de almas rocosas para crear un gigantesco caballero de rocas y sombras tan grande como la muralla. Este balancea un gran martillo de roca y golpea el muro, haciendo un gran agujero. Esto alerta a los caballeros.

Según van entrando los ogros a la capital, los arqueros y magos humanos los atacan desde lo alto de las murallas. Llamo a Gáleo, que se dispone a alzar el vuelo cuando tanto Zoe como Alice se suben a su lomo. Saco mis alas y comienzo a volar hacia la muralla. Grom levanta por sorpresa a Glacier y lo lanza por los aires, consigo sujetarlo y lo dejo sobre la muralla.

Los caballeros se ponen a la defensiva y lanzan una oleada de flechas, pero son bloqueadas por un muro de hielo que Glacier crea hábilmente. En ese momento, Gáleo y las chicas aterrizan sobre la gran muralla. Un grupo de guerreros cargan contra nosotros. Antes de poder hacer nada, Grom aterriza en medio de ellos y con el primer despertar los parte por la mitad.

—¡Maldito gorila verde, la próxima vez avisa! ¡Casi me da un infarto cuando me has lanzado por los aires! —le grita Glacier a Grom, molesto.

—¡Ja, ja, ja! Sí, sí, pero eso no importa ahora, acabemos con los que se encuentran aquí arriba para quitarnos problemas —nos dice Grom, listo para pelear.

—No, son muy fuertes, sería mejor dejárselo a nuestras invocaciones mientras nosotros nos dirigimos hacia el castillo del rey —propongo, intentando ganar tiempo.

—Me parece bien, no tenemos tiempo que perder —contesta Zoe.

Tanto ella como Glacier invocan a sus respectivas bestias. Luna y Gáleo atacan a los caballeros del lado derecho, y Volt, junto a mis bestias de sombra, que ahora son cuatro, pues he añadido a un oso y un murciélago gigante, se dirigen hacia la izquierda de la muralla.

Ahora que los guerreros, en las murallas, ya no son un problema, saltamos a los tejados cercanos y nos dirigimos hacia el castillo. Los soldados que corren por las calles están tan distraídos con el ataque de los ogros que no se dan cuenta de nuestra presencia.

Cuando estamos saltando entre tejados, Grom recibe un fuerte impacto que lo lanza contra una fuente que engalana el centro de una plaza cercana. En el lugar en el que se encontraba Grom ahora hay un gran hombre musculoso, de pelo y ojos naranjas, con una gran sonrisa en su cara y despeinado. Solo lleva unos pantalones verdes oscuros con un cinturón blanco, y en su torso luce un buen puñado de cicatrices. Sus musculosos brazos están envueltos por vendas.

—¡Mierda, es el comandante Cedric! ¡Su magia muscular es muy peligrosa! —nos advierte Glacier asustado.

—Parece que alguien nos ha investigado bien, pero eso no cambia nada, no puedo permitir que avancéis más —nos dice Cedric con una gran sonrisa.

Grom, tirado sobre un montón de rocas de lo que queda de la fuente, se levanta y se abalanza a toda velocidad a por Cedric, intentando cortarle la cabeza, pero este detiene su espada con solo una mano.

—Puede que solo tenga un hechizo, pero la fuerza que me proporciona me vuelve ¡imparable! —grita, lanzando a Grom hacia nosotros con una fuerza monstruosa.

Antes de que impacte contra mí, Vorgar aparece y lo atrapa frenando su caída con un leve retroceso que destruye las tejas.

—¡Eso estuvo cerca! —admite Vorgar, suspirando por llegar a tiempo.

—¡Padre! ¿Qué haces aquí? ¿No tendrías que estar comandando al ejército? —pregunta Grom confundido.

—Zoe y Glacier me hablaron de los comandantes actuales, cuando lo vi corriendo hacia vosotros sabía que estaríais en problemas. Yo me encargaré de él, seguid adelante.

—Padre, él es demasiado fuerte para ti, nosotros podemos encargarnos.

—¡Ja, ja, ja! Puede que ya no sea tan joven, pero tu padre sigue siendo fuerte. Además, tengo a estos. —Y enseña unos extraños guantes con metal en los nudillos.

Grom y yo nos sorprendemos al saber de qué se trata.

—¿Esos son los guantes que mis ancestros les regalaron a los ogros? Pensaba que su efecto había desaparecido hace tiempo.

—¿Acaso los habéis arreglado?

—Sí, así que ahora marchad, yo me encargo de él —dice Vorgar poniéndose frente a nosotros.

—Venga, Grom, no tenemos tiempo que perder. Confía en tu padre, con esos guantes no puede ser derrotado —convenzo a Grom, quien a regañadientes acepta, y seguimos avanzando.

Cedric no parece tener intención de seguirnos.

Punto de vista de Vorgar

—No debería dejarlos ir, pero tengo que admitir que me interesa luchar contra ti. He oído hablar de esos guantes. Le proporcionan a quien los usa una fuerza nunca antes vista —dice Cedric, mientras choca sus puños, sonriendo con ganas de comenzar la pelea.

—Tengo que admitir que he mentido un poco, sí que es cierto que los hemos arreglado, pero no son todo lo eficientes que llegaron a ser en su día. Aun así, será más que suficiente para vencerte —sentencio, poniéndome en guardia.

—Es admirable que te sacrifiques por tu hijo, pero espero que me des una buena pelea.

Cedric sale disparado hacia mí con su puño derecho cargado de fuerza. Cruzo mis brazos justo a tiempo para bloquear el impacto, pero la fuerza del golpe me hace retroceder varios pasos, levantando polvo y tejas rotas bajo mis pies.

Cedric no pierde el tiempo y lanza una ráfaga de puñetazos con velocidad y precisión, cada uno de ellos merma mi defensa.

El último golpe, un demoledor ataque a dos manos, me impacta con tal fuerza que atravieso el tejado, rompiendo madera y tejas, y caigo a través de la casa como un meteoro. Cedric se asoma por el agujero en el tejado, su silueta se ve recortada contra el cielo dolorido y magullado. Me pongo en pie y, una vez recompuesto, aprovecho la oportunidad y salto con toda mi fuerza, saliendo disparado hacia él como una flecha.

Mi puño se encuentra con su mandíbula en un gancho perfecto, lanzándolo por los aires. No le doy tiempo para recuperarse.

Salto tras él y en el aire agarro su pie, y usando toda mi fuerza y aprovechando el impulso de la caída, lo lanzo hacia el suelo. Cedric impacta con un estruendo cerca de la fuente, el golpe crea un pequeño cráter en el suelo.

—¡Ja, ja, ja! ¡Hacía mucho que no me divertía tanto luchando! No muchas personas pelean a puño limpio, y es lo mejor —grita Cedric, quitándose escombros de encima y sacudiéndose el polvo de sus hombros.

—¡Entonces intentaré no decepcionarte!

Me lanzo sobre él y le propino un potente puñetazo en la cara. Cedric se tambalea, pero rápidamente agarra un gran trozo de la fuente rota y lo estampa contra mi cabeza. El golpe resuena y me hace retroceder, desorientándome momentáneamente. Cedric se levanta de un salto, aprovechando mi confusión, y me da una patada en el estómago. El aire se me escapa de los pulmones, pero acto seguido agarro su pierna y, soltando un grito de esfuerzo, empiezo a girar aumentando la velocidad con cada vuelta. Finalmente, lo suelto y lo lanzo de vuelta contra los restos de la fuente rota. El impacto es brutal, pero no se rinde. Se levanta rápidamente y empieza a lanzar trozos de escombro contra mí. Me concentro y consigo esquivar cada proyectil moviéndome ágilmente. Aprovechando la distracción, Cedric acorta la distancia entre nosotros en un instante y, sosteniendo mi cabeza con fuerza, la baja bruscamente y me propina un doloroso rodillazo en la cara. Antes de que pueda recuperarme, siento un tremendo dolor cuando me da una patada en hacha, que impacta con fuerza en mi hombro. El dolor causado por el golpe hace que hinque las rodillas en el suelo.

—¡Venga, no me digas que eso es todo lo que puedes hacer! —exclama Cedric poniéndose frente a mí.

—¿Nunca te han dicho que no subestimes a tus mayores? —le respondo, y me limpio una gota de sangre que cae de mi labio.

Me levanto rápidamente, decidido a no darle la oportunidad de atacar de nuevo. Agarro su cabeza con firmeza y con un grito de esfuerzo, lo lanzo hacia una de las casas cercanas. Cedric, mostrando su increíble agilidad, clava los pies en el suelo y frena justo antes de estrellarse. Sin perder un segundo, corro hacia él y estampo su cabeza contra la pared. Lo sujeto con fuerza, empiezo a correr, arrastrando su cara contra la pared de la casa y creando un rastro de destrucción. Los ladrillos y la madera se rompen a nuestro paso y los sonidos de la estructura rompiéndose retumban en el aire.

Finalmente, me detengo y con un movimiento contundente, estampo a Cedric contra el suelo. La fuerza del impacto hace temblar el terreno, y puedo ver cómo su frente comienza a sangrar profusamente, con su nariz claramente rota y sangre goteando por su rostro. La casa, debilitada por el daño, comienza a derrumbarse a nuestro alrededor.

Me fijo en el interior de la vivienda y allí logro distinguir la figura de una madre abrazando a sus hijos, todos ellos mirándonos con terror. Viendo que la casa no aguanta más, rápidamente cargo con ellos y los saco de allí antes de su derrumbe. Una vez alejados los dejo en el suelo y apresuradamente la madre y los niños salen corriendo en busca de un lugar seguro.

Repentinamente, un estruendo se escucha desde la casa derrumbada. Me doy la vuelta y veo a Cedric surgiendo de entre los escombros con su figura imponente cubierta de polvo y leves cortes, sacudiéndose mientras camina hacia mí.

—¡Así que aún estás vivo! ¡Sin duda, eres resistente! —le digo sorprendido, por ver que realmente no está tan herido como pensaba que estaría.

—¡Ja, ja! Aparte de mejorar mi fuerza, mi magia también hace mi cuerpo tan duro como una coraza. Aunque me sorprende que me hayas podido herir tanto, esos guantes son increíbles. ¡Terminemos con esto de una vez por todas, no creo que tus guantes duren mucho más! —No le falta razón. Me fijo y veo que en uno de mis guantes ha aparecido una grieta.

Nos lanzamos el uno contra el otro, nuestros cuerpos chocan como dos titanes en guerra. Comenzamos a intercambiar golpe tras golpe, cada impacto resuena como un trueno. Nuestros cuerpos soportan el castigo sin cesar, resisten a pesar de la dura contienda. La batalla parece interminable, cada uno de nosotros empuja más allá de los límites de nuestros cuerpos. Finalmente, ambos decidimos que es hora de terminar de una vez por todas.

Con un grito de desafío, lanzamos nuestros puños hacia delante en un golpe final y estos colisionan en el aire con una fuerza devastadora. El impacto es tan poderoso que uno de mis guantes se destruye en mil pedazos, dejando mi mano al descubierto y ardiendo de dolor. El puño de Cedric, en un estado aún peor, no deja de sangrar, y puedo ver que los huesos de su mano parecen rotos y deformes. A pesar de la agonía, ninguno de los dos se rinde.

Seguimos atacándonos y la pelea alcanza un punto de frenesí, hasta que, finalmente, Cedric lanza una fuerte patada en mi pecho. El impacto es brutal, me arranca el aire de los pulmones y me hace escupir sangre, mi visión se nubla y caigo al suelo de rodillas, incapaz de sostenerme en pie.

—Sin duda, es la mejor pelea que he tenido en mi vida. Es una pena que tu muerte no sea decisiva en esta guerra —admite Cedric, intentando recuperar la respiración.

—Tienes razón, mi muerte no afectará en esta guerra porque ¡¡no vamos a perderla!! —grito con todas mis fuerzas, convencido de la victoria de los míos.

—¡Subestimar a los humanos no es buena idea!

—¡Te equivocas! Nosotros no estamos subestimando a nadie, los ogros somos superiores en fuerza y los demonios en habilidad, y eso lo sabéis tan bien como nosotros, por eso nos temíais. Aunque tengo que admitir que, para ser un humano, eres alguien muy fuerte. Me habría gustado poder seguir peleando, pero mis costillas están destrozadas.

—Eso habrá que verlo. Por cierto, ¿cómo te llamas?

—Vorgar, líder de los ogros —le respondo con orgullo.

—Vorgar, el guerrero. Si nos hubiéramos conocido en otras condiciones, habríamos sido buenos amigos. ¡Has sido un gran adversario y siempre te recordaré!

Con un último golpe que estampa mi cabeza contra el suelo, termina la pelea. La victoria es del comandante humano.

Cuando Cedric se dispone a caminar para seguir luchando, sus piernas ceden y cae de rodillas al suelo. Sus brazos tiemblan y su vista se nubla.

—¡Mierda, mis músculos están en su límite y mi maná se ha terminado! Al final ha cumplido con su objetivo de detenerme.

Con una última sonrisa, Cedric cae desmayado al suelo. Ha sido una intensa pelea.

De vuelta con el grupo de Aiden

Acabamos de llegar a la puerta del castillo y, junto a ella, defendiéndola, hay dos personas de pie. El de la derecha tiene una apariencia siniestra. Su pelo oscuro como el carbón y sus rasgados ojos color fuego me transmiten cierta desconfianza. Viste una larga capa negra adornada con filigranas doradas y una camisa blanca impecable. Parece estar bastante enfadado, mientras que el otro aparenta estar tranquilo, incluso puedo observar una leve sonrisa cuando nos ve llegar. Los dos se parecen bastante, prácticamente los mismos rasgos, pero con distintas características. Este tiene el pelo blanco, casi albino, y los ojos color azul agua marina. Viste ropas similares a su compañero, pero su capa es azul.

—¡Oh, no! ¿Por qué de todos los comandantes teníais que ser vosotros? —dice Zoe con un tono de molestia y rencor—. Esos dos son Ignis y Aqua, los hermanos elementales. El que tiene cara de borde es Ignis, puede usar magia de fuego, y su hermano es Aqua, mago de agua.

—¡Mira, hermano, es la pequeña Zoe! ¡Parece que al fin nos ha traicionado! —suelta Aqua con tono tranquilo.

—¡Sabía que esa mocosa no era de fiar! —grita Ignis con cara de odio.

—¿Son tan fuertes como para que no quisieras que nos los encontráramos? —le pregunto a Zoe.

—Son fuertes, pero no están ni entre los cinco comandantes de mayor rango. El problema es que ellos son mis primos —me responde, y suspira molesta.

—¡Ya te gustaría! Tú solo eres una sanguijuela para la familia Montclair. Tuviste suerte de que el tío William no pudiera tener hijos y te adoptara —le grita Ignis, molesto.

—Tranquilo, hermano, ahora que se ha unido al enemigo ya no será un problema en el futuro. —Aqua intenta tranquilizar a su hermano, quien sorprendentemente le hace caso y se relaja.

—Aiden, yo me encargaré de ellos. Grom y tú seguid adelante —nos dice Zoe dando unos pasos hacia delante.

—¡Tú sola no podrás contra ellos! ¡Yo me quedo contigo, tampoco me caen bien! —propone Glacier, posicionándose a su lado.

—¿Estáis seguros? Puede ser peligroso —les pregunto con preocupación, principalmente por Zoe.

—Tranquilo, hermanito, aún tengo mucho que hacer antes de morir.

—Y yo tengo mi as bajo la manga.

—Bien, os los confiamos. Grom, ¿crees que podrías llegar al segundo piso de un salto?

—¡Claro! Si he podido saltar el muro, esto no es nada.

Creo mis alas y cargo a Alice en volandas. Alzo el vuelo mientras Grom lanza su espada, clavándola en el muro de piedra para saltar y usarla de apoyo para así llegar al segundo piso. Rompe la ventana de una de las estancias del castillo y se mete dentro a través de ella. Yo entro tras él y dejo a Alice en el suelo.

Punto de vista de Zoe

—Hermano, terminemos rápido y vayamos a por los otros —dice Ignis, molesto por ver cómo Aiden y Grom se cuelan en el castillo.

—¡Claro! ¿Qué te parece si les enseñamos nuestro nuevo hechizo?

—Me gusta, las quemaduras quedarán bien en la piel de la sanguijuela.

—Mar en llamas, flujo y calor, conjuro de fuego acuático. ¡¡Cañón de vapor!! —Los dos empiezan a recitar un mismo cántico y, pegados codo con codo, extienden el brazo.

Una gran bocanada de vapor sale disparada hacia nosotros. Glacier alza un muro para intentar bloquearlo, pero de poco sirve, ya que en el momento en el que colisiona, el muro de hielo se sublima. Por suerte, lo detiene unos pocos segundos, suficientes para apartarnos y salir casi ilesos. El hechizo impacta levemente en el brazo de Glacier, y rápidamente se lo congela para calmar el dolor.

—¡Eso es muy peligroso! ¿Estás bien, Glacier? —le pregunto, sin apenas poder verlo por el vapor residual.

—¡¡Joder!! ¡Más o menos, pero eso duele mucho! —admite, cubriendo la parte herida con una fina capa de hielo y apaciguando el dolor.

—¡Hermano, esa sanguijuela lo ha esquivado! ¿Vamos con el plan B y terminamos con esto? —le pregunta Ignis a su hermano con una sonrisa sádica.

—¡Claro, creo que ya sé qué forma darle al hechizo! —responde Aqua tranquilamente.

Los hermanos vuelven a unirse para lanzar un nuevo hechizo. En este caso, generan una descomunal serpiente de vapor que me persigue mientras corro, evitándola e intentando bloquear el ataque con mi barrera eléctrica, pero la serpiente atraviesa el hechizo como si nada. Cuando está a punto de impactar contra mí, siento una fría brisa y, acto seguido, la serpiente se convierte en estatua de hielo.

—¡Qué raro, eso no tendría que haber pasado! —se extraña Aqua, ya un poco molesto.

—¿Quién mierdas ha hecho eso? ¡Casi habíamos terminado con ella! —grita Ignis, buscando al responsable con una mirada que jura dolor.

Una lluvia de carámbanos vuela hacia los hermanos, pero una llamarada los evapora casi todos. Uno de ellos pasa cerca de la cara de Aqua, haciéndole un pequeño corte en la mejilla derecha.

—¿Acaso os habéis olvidado de mí, imbéciles? —les pregunta Glacier con una sonrisa victoriosa.

—¡Hijo de puta, le has dado a mi hermano! —brama con rabia Ignis.

—Tranquilo, no ha sido nada. Encárgate tú de él y yo terminaré con Zoe.

—Está bien. Pero no lo hagas demasiado rápido, quiero dejarle una buena cicatriz en la cara.

En un instante, lanzo bombas eléctricas hacia los hermanos, pero unas burbujas de agua las detienen y múltiples serpientes de agua son lanzadas contra mí. Consigo esquivarlas con cierta dificultad, para después contraatacar con flechas eléctricas que vuelven a ser detenidas por más burbujas.

—¡Sigue intentándolo las veces que quieras, pero no lograrás golpearme! —me dice Aqua, quien no parece preocupado por lo que le pueda hacer.

—¡Subestimarme será tu perdición! —le advierto con un tono desafiante.

Por otro lado, Glacier está esquivando una bola de fuego lanzada por Ignis. Sin poder descansar ni un segundo, una oleada de serpientes de fuego se abalanzan contra él atacándolo ferozmente. Glacier utiliza la crioescarcha aniquiladora, e Ignis alza una columna de fuego frente a él para bloquear el ataque, pero tanto la columna como las serpientes son congeladas por el hechizo y las burbujas que flotan alrededor de Aqua se congelan y le caen encima, obligándolo a esquivarlas y bajar la guardia.

Aprovecho y acorto las distancias usando varias barreras electromagnéticas, logrando así atraparlos. Camino a su alrededor dibujando disimuladamente un sello en el suelo.

—¿Qué vais a hacer ahora estando ahí encerrados? —les reto, intentando que no se den cuenta de lo que estoy haciendo.

—¡¡Ja, ja, ja!! ¿En serio crees que esto nos detendrá? ¡Esta barrera no es nada! —dice Ignis con superioridad.

Antes de que Ignis actúe, me aparto evitando una bocanada de fuego, mientras que Aqua crea espuma que cubre las barreras, deshaciéndolas. Lanzan tres serpientes gigantes de vapor, que van hacia nosotros desde distintos ángulos.

—¡Joder! Solo un poco más y habría terminado el sello —me quejo, molesta por ser interrumpida.

—¡Te puedo dar unos segundos, así que aprovéchalos! ¡Si no, estamos muertos! Ya es la segunda vez que uso este hechizo hoy y gasta demasiado maná. Helada esencia, gélidas garras, congelemos en el frío eterno. ¡¡Tiempo gélido!! —conjura Glacier, y todo a nuestro alrededor se detiene y el tiempo se paraliza.

—¿Qué demonios ha pasado? —pregunto sin creer lo que estoy viendo.

—¡No pierdas el tiempo! ¡No he almacenado mucho maná, así que no aguantaré mucho tiempo así! —grita Glacier, haciendo un gran esfuerzo por mantener el hechizo.

—¡Está bien! ¡Pero luego me explicas qué es esto!

Corro hacia Aqua e Ignis, esquivando las serpientes congeladas, y rápidamente termino el sello debajo de ellos, volviendo a encerrarlos con las barreras electromagnéticas. Glacier se aparta de las serpientes para que no le den.

—¡Ya no puedo más, espero que hayas terminado! —grita exhausto, apenas le queda maná.

El hechizo termina y todo vuelve a la normalidad. Tanto Ignis como Aqua se miran sorprendidos por estar de nuevo encerrados, pero se sorprenden aún más cuando se dan cuenta de que no pueden usar su magia.

—¿¿Qué mierda nos has hecho?? ¡¡¡Maldita sanguijuela!!! —vocifera Ignis con odio.

—¿Por qué no puedo usar mi magia? —pregunta Aqua, por primera vez alterado.

—¡Así que has aprendido sobre el sello del maestro Sylvari! Nada mal, ni siquiera yo lo entiendo —confiesa Glacier dirigiéndose a mí.

—Tranquilo, te enseñaré cómo usarlo algún día. ¿Puedes seguir luchando? —le pregunto mientras recupero el aliento.

—Estoy sin maná, así que no podré hacer nada durante un buen rato. Adelántate y busca a Aiden, yo iré en cuanto me recupere.

—Bien, espero llegar a tiempo para ayudar a Aid…

Una explosión se escucha entre las casas de nuestras espaldas.

—¡Mierda! ¡Los ogros parecen tener problemas, voy a tener que dejar solo a Aiden! ¡Glacier, cambio de planes! ¡Cuando te recuperes vamos a ayudar a los ogros!

—¡Está bien!

Me alejo del castillo para apoyar a los ogros, mientras Glacier se sienta en el suelo, agotado, intentando recuperar su maná.

De vuelta con el grupo de Aiden

Estamos frente a una gran puerta en forma de arco rodeada de piedras y hábilmente tallada en madera, con grandes bisagras y adornos de hierro forjado. Grom abre la pesada puerta y tras ella descubrimos la majestuosa sala del trono, cuya luz atraviesa unas coloridas vidrieras que dibujan imágenes de dioses en las estrechas ventanas. Enormes columnas coronadas por capiteles dorados rodean el altar, donde se ubica el trono real, laboriosamente trabajado en madera cubierta de pan de oro y terciopelo rojo. Sentado en él está el rey Tristán, del reino del norte, ataviado con una túnica blanca con dorados ribetes, y sobre sus erguidos hombros, una larga capa de igual color, que hacen juego con el color de su rubia cabellera. Su aspecto, un tanto aterrador debido a una mirada vacía y sombría, me produce escalofríos, mi corazón late deprisa.

—Así que alguien ha logrado llegar hasta aquí. Una traidora, un ogro y… Ya veo, tú eres el demonio. Cuando acabe contigo, el trabajo estará terminado —amenaza el rey Tristán sentado en su trono.

13

El secreto de los demonios

—Hagámoslo fácil, ¿dónde está el objeto en el que sellaste a los demonios? —le digo.

—¡Ja, ja, ja! ¿En serio crees que podéis vencerme? Todo intento será inútil —me responde con un semblante serio, mientras se acomoda en el trono.

—¡Alice, cúbrenos! ¡Grom, te apoyo!

El rey Tristán se pone de pie, y tanto Grom como yo cargamos contra él espada en mano. Justo antes de que nuestras armas impacten en él, este desaparece de nuestra vista y los dos recibimos un pequeño corte en la frente.

—¡Imposible! ¿Cuándo se ha movido? ¡No he podido verlo! —exclama Grom, incrédulo tras lo ocurrido.

—¡Ya os lo he dicho, no estáis a mi altura! Mi magia temporal es muy superior a todas las demás —expone el rey, que aparece detrás de nosotros sin tomarnos en serio.

Creo con mi magia dos gigantescos caballeros de roca y a mis cuatro bestias de sombras. Ordeno a todos actuar contra el rey Tristán, pero por alguna extraña razón se mueven mucho más lento de lo normal.

El rey Tristán pasa por delante de ellos como si nada y hace varios cortes en el aire donde los había creado. Acto seguido, tanto mis bestias como mis caballeros son cercenados y destruidos.

—¿Cómo es posible? Ni siquiera estaban ahí, ¿cómo los ha destruido? —Sigo sin entender lo que acabo de ver.

—¡Aiden, tened cuidado porque puede cortar el tiempo! —me grita Alice desde el gran portón.

—Chica lista, ¡es una pena que tengas que morir! —amenaza el rey, mirando de reojo hacia Alice.

—No lo entiendo —me dice Grom confuso.

—¡Ja, ja, ja! Como vais a morir muy pronto, no me importa explicarlo —concede el rey con superioridad—. Gracias a mi magia puedo atacar a las versiones pasadas. Si te das cuenta, los ataques que he hecho han sido en el mismo lugar en el que se han creado. Esos ataques han impactado a vuestras versiones pasadas.

—Mmm, digamos que lo he entendido.

—Grom, simplemente debes evitar que ataque aunque corte el aire —le digo, mientras busco la oportunidad de atacar.

—Eso puedo hacerlo.

Alice le lanza una llamarada de fuego, que el rey Tristán detiene con una especie de burbuja. Con ayuda de mis alas paso sobre la burbuja y le disparo algunas agujas, que terminan igual que el fuego. Aprovechando la distracción, Grom se posiciona detrás de él y, balanceando su gigantesca espada, intenta partirlo en dos. En un abrir y cerrar de ojos, el rey Tristán desaparece y tanto el fuego como mis agujas se vuelven a mover, golpeando a Grom en el proceso, que sale de una cortina de humo con algunas quemaduras y su armadura agujereada.

—¡Ja, ja, ja! ¡Ya lo habéis visto, no tenéis ninguna posibilidad contra mí! —ríe el rey mirándonos como seres inferiores.

—¿Qué hacemos? ¡Si seguimos así, acabaremos muertos! —les preguntó a Alice y Grom.

—¡Ya es suficiente, voy a terminar con vosotros ahora mismo! —El rey Tristán lanza una de las burbujas hacia nosotros, pero Grom logra destruirla con el sexto despertar.

En un rápido movimiento, cargamos contra él espada en mano. Fallo en mi ataque, pero Grom, con ayuda del quinto despertar, logra predecir el lugar en el que aparecerá el rey y lo hiere en el pecho.

—¡Perfecto, le habéis dado! ¡Seguid así! —nos anima Alice, que crea una llamarada que el rey esquiva, permitiendo que Grom pueda retroceder.

—¡Solo habéis tenido suerte! ¡Ahora veréis! —El tono del rey se vuelve más serio.

El rey Tristán se lanza hacia Alice. Grom y yo intentamos interponernos entre ellos, pero no lo conseguimos, es demasiado rápido. El rey alza el brazo derecho y una espada de energía se crea, pero antes del ataque, Alice levanta un pilar de fuego en su lado derecho. El monarca se queja y retrocede.

—¿Por qué no te ha atacado si estaba delante de ti? —le pregunta Grom a Alice, sin entender nada.

—Ya lo he entendido, su única forma de dañarnos es con esa espada que crea en su mano, tiene que ser el hechizo que le permite cortar a través del tiempo —razona, mientras señala el punto en el que ha creado el pilar de fuego—. Si recordáis, cuando hemos entrado estabais ahí, por eso ha retrocedido al ser bloqueado.

—Eres demasiado lista para tu bien —suelta el rey, que empieza a molestarse.

—¡Aiden, Grom, luchad sin preocuparos por mí! Si me quedo quieta no podrá atacarme, voy a aprovechar para crear alguna apertura en su defensa. —Una gran cantidad de fuego la rodea como forma de protección.

—¡Entendido! ¡Grom, vamos a por él! —Sujeto con fuerza mi espada, listo para seguir luchando.

Mientras corremos hacia el rey Tristán, este se defiende con las burbujas, pero Grom consigue explotarlas con éxito. Mientras Grom ataca de frente, yo utilizo mi umbral sombrío para aparecer detrás del rey e intentar atacar con el segundo despertar. Mientras está ocupado esquivando a Grom, no se da cuenta y le hago un corte en la espalda.

—¡Mocoso iluso! ¡Te tengo! —brama, y me mira de reojo.

Sin darme tiempo a reaccionar, me encierra en una de las burbujas.

Punto de vista de Grom

Tras el ataque de Aiden al rey Tristán, este ha sido capturado por esas extrañas burbujas, así que retrocedo junto a Alice.

—¡Maldita sea! ¡Alice, cúbreme, creo que puedo liberar a Aiden y a la vez dañar de gravedad al rey! —exclamo, mientras una gota de sudor cae por mi cara por la preocupación.

—¿Pero cómo? ¡Nada ha servido hasta ahora, sus heridas son demasiado leves! —Está alterada por ver a Aiden atrapado.

—Aún no lo domino, pero el octavo despertar también roba maná, además de ser muy destructivo. ¡Rey Tristán, voy a acabar contigo ahora! ¡¡Octavo despertar!!

Mi espada duplica su tamaño y unas intensas llamas negras cubren el filo. La gran espada se divide en dos y empiezo a correr hacia el rey Tristán. Pilares de fuego aparecen a su alrededor, impidiéndole moverse. Cuando estoy frente a él, rápidamente hago un ataque en cruz procurando tocar la burbuja en la que está Aiden.

Punto de vista de Aiden

Sin entender nada, veo a Grom frente al rey Tristán con una gran espada cubierta de fuego negro, que ha sido detenida por una de las burbujas y…

—¡¡¡Groooom!!! —grito con los ojos abiertos como platos al ver el brazo derecho de Grom, en el que empuña una de las espadas. Recibe un fuerte corte que provoca su total amputación, y cae al suelo junto a la mano del rey Tristán. La espada se encoge y el fuego se apaga volviendo a su estado original, pero partida en dos. Grom ha soltado su espada y se está cubriendo el muñón a la altura del hombro.

—Eso es sorprendente para ser un ogro. Si no hubiera sacrificado mi mano, ahora mismo estaría muerto. Pero esto termina aquí y ahora. Eras el único que podía rivalizar conmigo y ya no puedes usar tu espada —dice con una seriedad tétrica que hiela la sangre.

Por primera vez en mi vida, veo a Grom temblar del miedo. Una gran nube de ceniza cubre la sala y siento como alguien me tira del brazo. Salimos de la sala y veo a Alice sujetándome la mano y, a nuestro lado, a Grom cubriéndose la herida con su capa.

—¡Grom! ¿Estás bien? —le pregunto con preocupación.

—¡Ahora no hay tiempo para eso! ¡Debemos retirarnos! ¡Reúne a las tropas y huid! —habla alterado y tiembla.

—¡Pero estamos tan cerca, no podemos irnos ahora!

—¡Aiden, ya hemos perdido! Si no podemos vencer al rey Tristán, esta batalla no tendrá fin. Todos están arriesgando sus vidas en una guerra que no podemos ganar. Ni siquiera sé si mi padre sigue vivo. A veces hay que admitir la derrota, aunque no queramos.

—Pero, entonces, ¿qué nos pasará? ¿Crees que nos dejarán vivir en paz?

—Ya pensaremos en algo, pero no podemos seguir luchando. Soy más fuerte que tú, y con tu ayuda y la de Alice solo hemos conseguido hacerle una herida grave. Ahora que he perdido mi brazo ya no puedo pelear. Si no quieres irte, está bien, pero yo reuniré a mis tropas y nos marchamos de aquí. ¡Alice! Procura que no cometa ninguna estupidez —expone Grom acercándose al ventanal.

—Tranquilo, no dejaré que lo maten —responde Alice, que me sujeta más fuerte.

Grom salta por la ventana y, corriendo por los tejados, consigue huir por donde hemos venido. Alice sigue cogiéndome la mano y me mira con preocupación.

—Aiden, sabes que Grom tiene razón. Vayámonos de aquí mientras tengamos la oportunidad. Siempre podemos ir a otras tierras para vivir en paz. —Noto en su mirada la preocupación mientras me dice esas palabras.

—¡No, aún hay una opción para ganar! —le digo con una mirada de serenidad, seriedad.

—¿De que estás…? ¿No estarás pensando en eso, cierto? ¡Es demasiado peligroso y no sabemos qué puede pasar! —Alice sujeta más fuerte mi mano sin dejarme ir.

—¡Entonces correré ese riesgo! Toda mi vida he necesitado la ayuda de otras personas sin poder devolverles el favor, ahora puedo hacer algo. Mataré al rey Tristán, así los ogros no tendrán que huir más y liberaré a los demonios de su injusta prisión.

Miro a Alice sonriendo antes de correr de nuevo al interior de la sala del trono. Mis ojos brillan intensamente y puedo sentir el poder recorriendo mi cuerpo. El rey Tristán, que ya ha cerrado sus heridas y ha recuperado su mano gracias a su magia, me mira seriamente. Puedo ver como sus ojos han cambiado. Ahora son blanquecinos y su pupila tiene forma de estrella.

—¡Así que ese traidor de Nekros está intentando llegar a este mundo de nuevo! ¡No importa, te mataré antes de que lo logre y así no podrá salir de su prisión eterna! ¡Al fin y al cabo, los seres de este mundo no están a nuestro nivel! —grita con ira mientras me mira.

—¡No pienso perder contra ti, te mataré y liberaré a los demonios! —Desenfundo mi espada de nuevo, tan rápido que dejo caer su funda.

—¡No sabes de lo que hablas! ¡Hago esto por el bien de los seres de este mundo! —me dice, mientras genera su espada en su mano.

En un instante está frente a mí intentando atacarme. Activo mi armadura y rápidamente bloqueo su golpe para, acto seguido, golpear su cara, haciéndolo retroceder. Su nariz sangra, pero rápidamente deja de hacerlo como por arte de magia.

—¡Imposible, esta fuerza y velocidad! Pensaba que tardaría más, pero ya casi está aquí. ¡No puedo permitirlo! —Se nota como el rey está cada vez más alterado.

Creo mis alas y él me lanza cientos de burbujas, que consigo esquivar con una velocidad sorprendente. Espada en mano, llego hasta él listo para cortar su cuello. Antes de poder hacerlo, mi vista se oscurece y aparezco de nuevo en la extraña sala oscura, en la que puedo ver lo que está pasando a través de un cristal. Pero esta vez estoy atrapado y enmanillado con cadenas en manos y pies.

La persona misteriosa está de pie en un altar frente al cristal riendo a carcajadas, y al otro lado del cristal, veo a Alice paralizada, incluso la intensa humareda que cubre la sala del trono parece permanecer quieta como si el tiempo se hubiera detenido.

—¡Menos mal que he podido usarlo a tiempo! No me gusta este hechizo porque me deja sin maná, pero ahora que he detenido el tiempo en todo el mundo, nadie podrá impedir tu muerte —comenta entre respiraciones de cansancio.

—¡Ja, ja, ja, ja! Lo sabía, cuando las personas se alteran son muy predecibles. —Una voz sale de mí de forma involuntaria.

—¡No, no, no, es imposible, aún había tiempo! ¿Por qué estás aquí? —responde el rey, asustado.

—Sabía que detendrías el tiempo, por eso he decidido tomar este cuerpo antes de hora. Pero no importa, es cuestión de minutos que este cuerpo sea mío por fin. Es una pena que tu hechizo no nos afecte al resto de dioses, pero me alegro de verte, Tymus, dios del tiempo.

—¡No puedo permitirte ser libre, Nekros! ¡Te mataré antes de que ese cuerpo sea tuyo! —brama el rey Tristán, mirándome mientras intenta recomponerse.

—¿En serio crees que puedes ganarme? Tuviste que perder mucho de tu poder para llegar a este mundo, incluso con el tiempo que llevas aquí no te has recuperado del todo, mientras que yo he tenido cientos de millones de años para entrenar estando encerrado en esa maldita dimensión. Mi conocimiento de la magia de oscuridad es infinitamente superior.

Desde donde estoy puedo verme a mí mismo peleando con el rey Tristán a través del cristal. Confuso, observo cómo luchamos lanzando hechizos que nunca antes había visto, y sin entender mucho de lo que está pasando, intento ponerme de pie, pero las cadenas me lo impiden.

Miro a la persona que hay delante de mí en la oscura sala, que se gira al escuchar las cadenas. Su cara es poco visible, pero destaca su siniestra sonrisa.

—¡Ni lo intentes, el proceso de cambio de cuerpo ya casi está completado! ¡Después de eso, tú dejarás de existir y tu cuerpo será mío! ¡Por fin podré salir de esa dimensión y acabar con todos los seres vivos y dioses! —confiesa, remarcando su tono sombrío, que me da escalofríos.

—¿Quién eres tú y por qué estás haciendo esto? —le pregunto, intentando no demostrar miedo por su presencia.

—Me llamo Nekros, dios de la oscuridad y creador de los llamados demonios.

—¿Cómo que creador? Según las historias, los demonios nacimos de las sombras millones de años después del resto de razas.

—Cierto, pero solo los dioses saben la verdad. Yo creé a los demonios como una oportunidad para salir de mi prisión, y fuisteis creados a mi imagen y semejanza. Esa es la razón por la que solo podéis usar magia de sombras, porque es la misma que yo uso. Las otras razas fueron creadas por otros dioses y heredaron sus propias magias. Por desgracia, esos demonios fueron un experimento fallido, el plan era que fuesen máquinas de matar y que me ayudaran a exterminar a los dioses, pero se volvieron pacíficos de la noche a la mañana por culpa del que se autoproclama rey demonio. Lo bueno es que aún os podía utilizar para liberarme, pero ese maldito de Tymus se percató y arruinó mis planes sellando a los demonios.

—¡Eso no puede ser cierto! ¡Yo no puedo tener relación contigo, solo eres un monstruo! ¡No permitiré que me robes el cuerpo! —exclamo con rabia.

—¡Ya es tarde para eso, ahora nadie puede detenerme!

Miro de nuevo a través el cristal y veo como Nekros tiene al rey Tristán sujeto del cuello. Su cuerpo está lleno de sangre y sus ojos están vacíos de vida. La sala del trono, que antes era deslumbrante, ahora parece ruinas. Acto seguido, lanza al rey Tristán al suelo y mira a Alice.

—¡Si se te ocurre ponerle un dedo encima, te mato! —lo amenazo, dejando atrás el miedo que siento.

—¡Ja, ja, ja! Me gustaría ver cómo lo intentas. —Ríe desquiciadamente.

Punto de vista de Alice

Aiden acaba de matar al rey Tristán delante de mis ojos, pero hay algo que no me gusta de todo esto. La presencia de Aiden es distinta, tengo miedo al verlo así. No parece él y tengo un mal presentimiento que se refuerza cuando me mira. No puedo evitar dar un paso atrás, aterrorizada.

—¿Quién eres tú y qué le has hecho a Aiden? —pregunto, retrocediendo lentamente.

—Mi nombre es Nekros, dios de la oscuridad. El Aiden que conoces pronto desaparecerá para siempre —responde la persona que controla su cuerpo.

—¿Qué quieres decir con eso? —indago, preocupada por lo que le pueda pasar a Aiden.

—En lugar de preocuparte tanto por los demás, preocúpate más por ti misma. Ya que has ayudado a que este cuerpo siga vivo, te dejaré unos minutos de ventaja para que huyas.

Nekros se acerca a mí lentamente. Cada paso que da crea ondas de oscuridad que ensombrecen el suelo. Un chillido se escucha desde uno de los ventanales de la sala del trono, y Gáleo se asoma a través de ella. Rápidamente, corro hacia él y subo a su lomo de un salto, y nos dirigimos volando a buscar al resto del grupo.

Las calles están repletas de cuerpos inertes y escombros. Cerca del agujero en el muro observo a Grom reuniendo al resto de ogros con la ayuda de Zoe y Glacier. Rápidamente, descendemos. Grom intenta disimular su tristeza.

—Alice, ¿estás…? —Zoe intenta hablar, pero la interrumpo.

—¡Aiden está en problemas! —digo alterada y con preocupación.

—¡No me digas que ese tonto está peleando contra el rey! Sabe perfectamente que no puede vencerlo —responde Grom.

—No es eso. De hecho, el rey está muerto.

—¡Eso es imposible! ¡Ni siquiera yo he podido con él! —exclama Grom, incrédulo.

—Y si el rey está muerto, ¿qué problema tiene? —me pregunta Zoe sin ver el problema.

Una explosión se escucha tras nosotros y parece que proviene del interior del castillo. El lugar en el que se encontraba la ventana por la que he huido ahora es un gran agujero del que sale humo. Vemos cómo una siniestra figura sale volando a gran velocidad y se detiene cuando está sobre un grupo de caballeros humanos. Vemos a Aiden usando una armadura de piedra, de la que emanan sombras. Todos se sorprenden al verlo, pero aún más cuando en un abrir y cerrar de ojos lanza cientos de agujas sombrías sobre el grupo de caballeros, acribillándolos.

—¿Pero qué está haciendo? ¿Se ha vuelto loco? ¡Si el rey está muerto, no hay razones para seguir luchando! —comenta Glacier, molesto.

—¡Algo no está bien, él no haría eso sin una razón! —opina Zoe, que sabe que Aiden no sería jamás el causante de tantas muertes innecesarias.

—¡Es que ese no es Aiden! —les digo para que entiendan lo que ocurre.

—Así que ha usado esa habilidad a pesar de sus consecuencias. Bien, entonces tendremos que detenerlo —sentencia Grom, quien empieza a correr hacia Aiden, y todos lo seguimos.

Aiden, sin piedad alguna, masacra a todos, ya sean humanos u ogros.

De vuelta con Aiden

Ver cómo asesino a todos me pone enfermo, pero no puedo hacer nada estando encadenado. Si no hago algo rápido, matará a todos los que me importan. Sorprendido, veo cómo un muro de hielo aparece frente a mí y unos látigos de electricidad y fuego me inmovilizan rodeándome.

Ellos están luchando para ayudarme, no puedo quedarme aquí sin hacer nada. Intento con todas mis fuerzas levantarme, pero las cadenas me lo impiden. Aun así, no me detengo y sigo tirando con todas mis fuerzas.

—Inténtalo todo lo que quieras, nunca se…

Repentinamente, las cadenas se rompen, dejándome libre, hecho que sorprende en gran medida a Nekros, que no tarda en actuar creando látigos de sombras para atraparme. Creo mis alas para impulsarme hacia arriba y esquivarlos e intento acercarme, pero un dragón creado con sombras se interpone en mi camino. Consigo esquivarlo, pero su cola me golpea y me estrello contra el suelo.

—Eso me ha sorprendido, pero no puedes detenerme. Ahora quédate tranquilo hasta desaparecer. —Y vuelve a mirar el cristal sin darme importancia.

Los látigos me capturan, inmovilizándome sin posibilidad de actuar. Poco a poco mis fuerzas se desvanecen y mis ojos se van cerrando inevitablemente.

—No puedo más, mi cuerpo se siente muy pesado, ya no tengo ganas de luchar más. Solo quiero descansar.

—¡Aiden! ¡Ni se te ocurra sucumbir a este imbécil, demuéstrale que eres el mejor! Al fin y al cabo, yo te entrené, así que… ¡¡Machaca a este cabrón!! —escucho decir a Grom a través del cristal.

—¡Hermanito, sé que me estás oyendo! ¡No creas que puedes irte ahora que nos hemos reencontrado! ¡Sé fuerte y vuelve con nosotros! —grita Zoe.

Al escuchar sus voces, abro levemente los ojos y observo a través del cristal que todos están heridos, pero no se rinden y siguen intentando detener mi cuerpo. Al ver esa escena no puedo evitar apretar los puños de frustración, ellos están dándolo todo para ayudarme y yo me estoy rindiendo. A pesar del cansancio intento liberarme de los látigos, pero mi intento parece ser inútil, no tengo fuerzas suficientes.

Mis ojos se abren al ver a Alice llorando. Un hilo de sangre corre por su frente y su ropa se ve desgarrada, pero sigue luchando.

—¡Aiden, sé que estás ahí! ¡Por favor, regresa! ¡Me prometiste que estaríamos juntos de ahora en adelante, no puedes dejarme ahora que estamos juntos! ¡¡¡Por favor, vuelve con nosotros!!!

Al escuchar las palabras de Alice, empiezo a recuperar las ganas de luchar.

—¿Esos tontos no saben rendirse o qué? Son demasiado molestos, pero ni siquiera han podido dañarme. Su muerte será inútil a ojos del mundo —dice Nekros, que observa por el cristal cómo una esfera de oscuridad destruye gran parte de la capital, arrebatando cientos de vidas.

—Alice…

—¿Vas a seguir con eso? ¡Ríndete de una vez, tu cuerpo ya casi es mío y tú estás a punto de desaparecer!

—Alice…

—¡Ja, ja, ja, ja! Como me voy a quedar con tu cuerpo, seré bueno contigo y la mataré después de que desaparezcas para que no tengas que verlo.

—Te dije que si le ponías un dedo encima… —Repentinamente, levanto la cabeza con una mirada de odio y una nube de oscuridad sale de mi cuerpo—. ¡¡¡Te voy a matar, hijo de puta!!!

De la nube se crea un ankheg de sombras, que corta los látigos que me tienen retenido. Con gran ira en mis ojos, vuelo hacia Nekros a gran velocidad. El dragón intenta atacarme de nuevo, pero interpongo al ankheg. Vuelo por debajo del dragón y me acerco a Nekros, preparándome para golpearlo.

—¡No voy a permitir que robes mi cuerpo y dañes a mis amigos! —grito con rabia, mientras le doy un puñetazo en la cara y lo hago caer del altar, perdiendo el control de mi cuerpo.

—¡Nooooo! ¡Estaba tan cerca, este era mi momento de salir de esta prisión! —brama con una profunda ira, sus ojos brillan con odio. Si las miradas mataran, ahora mismo yo sería desintegrado.

—¡Te va a tocar seguir esperando! Mientras yo siga viviendo, no permitiré que seas libre —le respondo, y destruyo el altar con ayuda del ankheg de sombras.

—¡Puede que ahora lo hayas impedido, pero si liberas a los demonios en algún momento volveré!

—¡Entonces te estaré esperando para acabar contigo! —le aseguro, demostrando que no le tengo ningún miedo.

Al segundo vuelvo a tomar el control de mi cuerpo. Ante mí, una combinación de fuego y electricidad está a punto de golpearme, pero consigo esquivarlo.

—¡Ufffff! Eso ha estado cerca —admito, mirando el pequeño cráter de fuego que se crea con el impacto del hechizo.

—¡No te distraigas! —me advierte Grom, que corre hacia mí para cortarme en dos.

—¡Espera, Grom, soy yo, Aiden! —le digo mientras corro en dirección contraria para que no me alcance.

Grom se detiene a escasos centímetros de mí. Suspiro, pero acto seguido me da un débil golpe en la cabeza.

—¿Se puede saber qué demonios pasa por tu cabeza? ¡Sabías lo peligroso que era usar ese poder! —me grita, con una vena marcada en la sien.

—Lo siento, pero no tenía otra opción. Tenía que vencer al rey, si no lo hacía nunca hubiésemos tenido otra oportunidad igual.

—¡Aiden! —Alice salta a mis brazos, abrazándome con fuerza, y puedo sentir su preocupación solo con verla.

—Lo siento, Alice, tanto por herirte como por preocuparte —me disculpo, y correspondo su abrazo, contento de que esté bien.

—¡Y tanto que lo vas a lamentar, gran estúpido! ¿Por qué siempre tienes que actuar sin pensar en las consecuencias? —Tras el intenso abrazo, Alice me sujeta con fuerza de los hombros para que no escape.

—¡Siempre has sido así, no hay forma de que cambies! ¿Eh? ¡Pero me alegro de que estés de vuelta! —interviene Zoe, acercándose a nosotros con una sonrisa tranquilizadora.

Cojo aire, me quedo mirando a mi alrededor y puedo percibir un breve pero real momento de calma, ya que por fin la guerra ha terminado, hasta que los caballeros se enteran de la muerte de su rey.

Zoe se está encargando de inhabilitar a los comandantes capturados con sus sellos, Glacier se va junto a un pelotón de ogros en busca de los altos cargos corruptos y Grom se acerca a un carro en el que están cargando a los difuntos para llevarlos de vuelta a la aldea y despedirlos dignamente. Me acerco a él, pues veo como empiezan a caerle lágrimas por sus mejillas, y puedo ver el porqué de su tristeza. No esperaba ver a Vorgar muerto, pero esas son las consecuencias de la guerra. Quiero acercarme a él para intentar animarlo, pero Alice me detiene.

—Hay veces en las que es mejor estar solo. Sé que estás preocupado, pero él tiene que aclarar sus emociones. Además, tú aún tienes que hacer algo, uno de los comandantes capturados nos ha dicho dónde está el cristal.

—¿Quién ha sido? —le pregunto, con curiosidad por saber quién es el responsable de la muerte de Vorgar.

—El tonto musculoso que se ha enfrentado a Vorgar, aunque sorprendentemente está colaborando con nosotros y ayudando a cargar los cuerpos y buscar entre los escombros de las casas si hay supervivientes.

—¡Bien, vamos! ¡Gáleo, vuela y ayuda a buscar heridos!

Alice me guía por el castillo hasta llegar a una habitación que parece ser un almacén.

—¿En serio está aquí? Pensaba que estaría mejor escondido —pregunto incrédulo.

—No exactamente, está detrás de esa pared. —Apunta a una pared de piedra vacía.

Sin tardar un segundo más, creo un golem para destruir la pared y abrir un gran boquete, que deja al descubierto un pequeño altar de roca, sobre el que se halla un mineral de cristal rojizo cuidadosamente colocado sobre un cojín rojo dentro de una vitrina.

—¿Por qué has destruido la pared? ¡Se supone que era una puerta secreta!

—¡Vaya! Al menos ha funcionado. —Me encojo de hombros y me acerco al altar, y tras retirar el cristal, cojo el mineral y lo observo detenidamente. Dentro de los pequeños cristales se percibe lo que parecen ser personas; para ser más exactos, demonios, por sus ojos y el color de pelo.

—Me dan escalofríos solo de imaginar cómo se tiene que sentir estar metido en esto —reflexiono, y miro a Alice.

—Por suerte, no es el caso. Regresemos con el resto y volvamos a Krugnash. Una vez allí podremos liberarlos.

Asiento con la cabeza antes de guardar el mineral en mi bolsa con cuidado para que no se rompa. Mientras caminamos de regreso no paro de recordar todo lo que he vivido desde que mi vida cambió tan drásticamente. Las aventuras que he vivido, las personas que he conocido y los lugares que he visitado. Miro a Alice y no puedo evitar sonreír, me alegra haber arreglado todo con ella.

Justo en ese momento recuerdo las últimas palabras de Nekros. Sé que esto no ha terminado, él no se va a rendir hasta liberarse, y si eso ocurre nadie estará a salvo. Sé que tengo que liberar a los demonios, pero eso hará más probable que se libere Nekros. Sin embargo…

—¿Estás bien? Te veo distraído. ¿En qué estás pensando? —me pregunta mientras sujeta mi mano.

—Bueno, ahora que sabemos que Nekros puede usarnos para liberarse, estoy empezando a dudar si es buena idea liberar al resto de demonios —le confieso tras un suspiro.

—¿De qué estás hablando? No hemos hecho todo esto para que te acobardes ahora.

—Pero…

—¡Nada de peros! Ahora los demonios no tenéis la necesidad de usar ese poder, así que él no puede haceros nada. Y si lo intenta estaremos ahí para detenerlo. —me intenta animar.

—Puede que tengas razón, me esforzaré para estar listo si intenta regresar. —Mientras digo esto, Alice se acerca para darme un beso, y logra animarme.

—Así se habla. Además, no estás solo.

Sonrío y aceleramos el paso. Al llegar nos encontramos a Zoe, que ya ha reunido un grupo de ogros y a algunos prisioneros. Nos explica que una parte de los ogros, Glacier y ella se quedarán en el reino humano para solucionar los problemas causados y restablecer el orden.

Zoe nos lleva al círculo de teletransporte, en el que ya está esperando Grom, junto a su ejército y algunos constructores que, arrepentidos por lo ocurrido en el pasado, deciden ayudar a los demonios a recuperar nuestro hogar. Acompañándolos está Cedric, para el trabajo pesado y encargarse de la protección de los humanos, cosa que no le gusta a Grom, pero no le queda otra que aceptarlo.

Nos despedimos de Zoe antes de que active el círculo mágico. Al instante, visualizo Krugnash, donde todos nos están esperando. Los guerreros se dispersan rápidamente para reunirse con sus familias. De pronto alguien llega corriendo y se abalanza sobre mí para abrazarme. Es Rena, con lágrimas en los ojos, que pregunta preocupada por Zoe. Mientras Alice le pone al tanto de lo ocurrido, busco con la mirada a Grom y lo veo hablando con los altos cargos de la aldea, mientras algunos ogros se llevan los carros para preparar el funeral de todos los caídos.

A cien pasos al norte de la aldea se construye una gigantesca hoguera para quemar los cuerpos en la ceremonia y así despedirnos con honores de los valientes guerreros. Aunque los ogros y los humanos aún desconfían los unos de los otros, estos últimos no dudan en asistir y pedir perdón en nombre de los humanos.

Grom, ya recuperado de sus heridas, es nombrado el nuevo líder de la aldea, y junto a otros miembros del consejo me dedico a buscar una zona con tierra fértil para empezar a construir un nuevo hogar para los demonios, alejado de las temibles bestias.

Desde ese día empieza la construcción de una ciudad para los demonios. Varios meses después ya está construida una gran cantidad de casas, y aunque aún falte mucho para terminar, decidimos liberar a los demonios. Junto a un pequeño grupo de ogros y con la ayuda de Zoe, que ha estado investigando en la capital, logramos romper el hechizo de su liberación.

Son poco más de mil quinientos demonios; entre ellos, cuatrocientos son niños pequeños. Al principio todos están confundidos por no saber dónde están y qué está pasando. Por suerte, el que se presenta como el general Zarathar calma a todos los presentes y pregunta a los ogros lo que ha ocurrido. Estos me presentan a Zarathar, que se sorprende al escuchar que es medio humano y medio demonio. Le explico todo lo que sé y lo que ha pasado con Nekros; pensé que todo sería un caos cuando se enterasen, pero lo asimilan enseguida. Me dicen que ya sabían de la existencia de Nekros gracias al que fue el rey demonio.

El tiempo pasa rápidamente, y con la ayuda de los demonios la ciudad es construida antes de la llegada del invierno. Por mi trabajo y esfuerzo, me quieren nombrar el nuevo rey demonio, pero he rechazado el título, pues no me veo capacitado para tanta responsabilidad. Al final, Zarathar toma el puesto y, como agradecimiento, me nombra comandante de su ejército.

Glacier viene días después con una gran cantidad de carros, han encontrado una tienda ilegal de venta de bestias y, cuando Zoe me lo dice, se lo comunico a Zarathar. Este manda construir un gran recinto en el que puedan vivir en paz hasta recuperarse y volver a ser libres. El cargamento está conformado por siete grifos, once lobos gigantes y media docena de tricornios, bestias parecidas a caballos, pero con tres cuernos en su cabeza y una coraza alrededor de su cuerpo. En el fondo de uno de los carruajes encontramos un huevo, que reconozco al instante. Este pertenece a los lagartos de lava. En cuanto Alice se entera, quiere quedárselo para cuidarlo.

Y por fin, después de tanto tiempo, puedo descansar, o eso me gustaría decir, ya que con mi nuevo rango de comandante y el entrenamiento de Rena voy a estar ocupado durante mucho tiempo.

FIN

Templo de la Luz. Dimensión de los dioses

—¡Lumiel, estás loco, no puedes ir a la dimensión de los mortales! ¿Sabes que si vas no podrás volver?

—Lo sé, pero mi hermano está intentando liberarse y casi lo logra. No puedo permitir que lo haga o todos correremos peligro, seamos dioses o mortales —dice Lumiel, preocupado.

—¿Pero qué planeas hacer? Solo el hecho de ir te quitará gran parte de tu poder. Ni siquiera Tymus pudo con él y llevaba allí mucho tiempo, en el que pudo recuperar gran parte de su poder.

—Puede ser, pero mi magia de luz contrarresta su magia de oscuridad. Además, alguien tuvo que impedir que Nekros se liberara; si lo encuentro, podremos hacerle frente —asegura Lumiel, acercándose a una pila de agua mágica hecha de piedra tallada, en la que se puede ver un gran prado a través del agua. Extiende la mano sobre esta y con un movimiento de izquierda a derecha la imagen cambia, dejando ver el interior de la destruida sala del trono. Sobre una montaña de escombros se encuentra el cuerpo inerte de Tymus.

—¡Está bien, haz lo que quieras! Pero sigo pensando que es más seguro estar aquí, donde no hay posibilidad de que venga.

—Subestimas a mi hermano, si hay alguien capaz de romper esa regla universal es él. ¡Por eso tengo que detenerlo!

Índice